常读·人物志

一个人与一群人

◆ 陆新之　主编

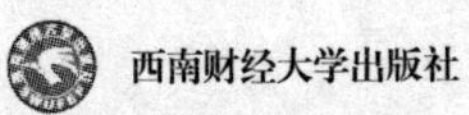

你一定很少看书了，因为累；杂志也懒得看了，因为忙。

但你依然在看和读：早起的枕畔，浴室里面，午饭后的瞌睡间歇，临睡前的挣扎，你不时点开的手机屏幕上……

我们不能给你阅读的理由，但我们知道，有些内容可以让你的朋友圈更优雅。

我们不能拼接你碎片化的时间，但我们相信，有些阅读可以让你放慢脚步，哪怕只是假装。

目录

上　篇

下　篇

上　篇

从做手机开始，罗永浩从“彪悍的人生不需要解释”变得商业化，脾气也小了不少。“每隔一段时期，就会有改变行业格局的公司出现……抓住机遇吧，年轻人，不要错过之后，后悔得跟××似的。”这是他创业之后常挂在嘴边的一句话。不过，他仍一直在宣扬他的理想主义和人文情怀，也试图通过做手机来证明自己是工匠精神的践行者。

罗永浩：一个人的“彪悍”创业史

文/俞志荣

2015年，罗永浩已经是一个耳熟能详的名字。虽然他并没有像卖苹果的乔布斯那样人尽皆知，但大凡对互联网和手机有一定兴趣的人，都了解有这样一个传奇人物的存在。若时光回转十几年，当年的罗永浩还只是个普通的年轻人。

2001年入职新东方培训学校之前，罗永浩已经有了差不多十年“江湖”经验。在这期间，他先后筛过沙子，摆过旧书摊，代理过批发市场招商，走私过汽车，做过期货，甚至他还以短期旅游的身份赴韩推销中国的壮阳药……然而，就算是他以一个历练江湖的心态把社会上大多数职业都干了个遍后，他依然羞愧地发现：每年春节，兄弟姐妹都给父母带去好多礼品，唯独他自己两手空空。

迷茫之余，罗永浩闯荡天津。这一次他的人生出现了转机。在天津，他认识了几个天津外院的学生，后者看他出色的语言表达能力建议他去新东方给学生们讲课。对于这一建议，现在最会侃大山的老罗在当时的内心却是忐忑不安：他担心自己学历太低（高二退学），远远达不到成为新东方导师的标准。不过，不甘心的他还是写下了一封长达万言的自荐信。

在那封后来广为流传的自荐信中，这个来自吉林延边的28岁小伙同当时已经创办新东方的俞敏洪有了一段命运的纠葛。

> 给我个机会去面试或者试讲吧。我会是新东方最好的老师，最差的情况下也会是“之一”。

这是罗永浩的自信。

最终“彪悍的人生不需要解释”，俞敏洪真的不拘一格，复信欢迎罗永浩前来面试。为了能有个好的面试成绩，在那个炎热的夏季，他来到北京开始了疯狂的自修生涯。

一天，罗永浩随手翻出一本书，看到了一句格言：不怕苦，吃苦半辈子；怕吃苦，吃苦一辈子。这就像是“神迹”，对于当时无数次想过放弃的他来说不啻于醍醐灌顶。

这段经历在他后来的演讲中反复被提到：“我仿佛被雷劈到一样，嚎啕大哭，跪在地上用头撞墙，然后满地打滚，就觉得冥冥中有一种神秘的力量，让一位作家在几十年前写的一句话就专门给我看的。”

当然，在许多人看来，确实有点过度渲染的成分在里面。但罗永浩不满足于就此打住；他说：“那段时期我迷上了励志书籍，利用这所谓的‘精神鸦片’给自己加油鼓劲。”5个月后，在看完足足一百多斤励志书籍后，他终于信心十足地去见俞敏洪。

如果说那别具一格的万言自荐书只是让俞敏洪发现了有这样一个“彪悍青年”存在的话，那么一而再，再而三的给予罗永浩试讲机会则成就了一段商业界流传的佳话。第三次试讲，罗永浩高分通过，将近而立之年的他终于迎来了命运的转机、人生的春天。

然而，自称“理想主义者”的罗永浩与俞敏洪只维持了5年的“蜜月期”就离开了新东方。在后来的采访中，罗永浩也毫无掩饰地说出了他们分道扬镳的原因：

“你如果是一个商人，纯粹是为了钱，大大方方赚钱当然没有什么不好，但总是披着理想主义的外衣，把自己塑造得很高尚、很纯洁就太虚伪了，我很讨厌虚伪。很遗憾，后来我发现俞敏洪是我这辈子见过的最没有原则的人之一。”

与俞敏洪“分手”，离开新东方后，罗永浩先后开办牛博网、创办老罗英语培训学校。之后他又以“我的奋斗”为题，开展了大规模的全国高校巡回演讲，并出版励志自传《我的奋斗》，俨然已成为一个演讲家、企业家和作家。

2011年，在刚成立不久的陌陌科技董事长办公室里，有三个人正在进行一次密谈，其中的两人是陌陌CEO唐岩和罗永浩。至于另外一个人，他是著名天使投资人、紫辉投资的CEO郑刚，后来因“自拍帝”的名头为公众所知。

在郑刚眼里，与罗永浩的初见却并没有那种一见钟情的味道，立马擦出火花。他在后来回忆说："胖胖的，老是穿同一件衣服，从外形上讲，我是有嘀咕的，他要做极致的事情，但是他的外形怎么那么不极致呀。"

这一整天，罗永浩都在办公室里滔滔不绝地畅谈着自己的手机梦。他不遗余力地解释着市面上手机存在的各种不足和缺陷，解释着为什么只有他能改进这些问题而大公司都不做。说白了，老罗目的就是为了说动郑刚，让对方给自己的手机项目投资。也就是从这时起，理想主义的气息似乎离罗永浩渐行渐远。显然，他从第一个男人俞敏洪那里学到了许多，也改变了许多。

关于郑刚，这个年近40的大叔非常爱自拍。自拍之余，他还经常在脖子上挂着酷炫的耳机，一副新新人类的样子，让人很难把他与传统正式的投资公司CEO联系起来。不过，这位"非主流"大叔还是看好老罗，决定投资他的手机项目。

当时罗永浩做手机的消息传得沸沸扬扬，但许多人并不看好。在竞争激烈的手机行业，一个没有任何基础的外行突然闯进来并号称要做东半球最好的手机，这的确充满争议性。不过，吃了无数闭门羹的罗永浩却很对郑刚的味。看来，罗永浩比较幸运，他等来了郑刚，后者也称其是"中国的乔布斯"，认为"他吹牛，但他做的事情更牛，做出来的产品更牛"。

"男人钱，女人花"这句话在这里就变成了"郑刚的钱，罗永浩花"。据了解，郑刚在天使轮给罗永浩投了4 000万元，B轮又追加投资，累计已经超过了一亿元人民币。从某种角度上来说，老罗虽然貌不惊人，却也倾国倾城，使得郑刚为其一掷千金。

在罗永浩的观念里，他希望能获得更多美元基金，最终能在美国上市成为一家世界级的公司。然而，深谙资本市场之道的郑刚告诉他，美元基金非常现实，它们的VC不可能在小米取得这么大成功后还投资锤子。原先罗永浩不信，后来在美元基金融资中碰壁才不得不接受了这个事实，考虑内地的资本市场。

2015年4月26日，郑刚发出微博："刚叔想再干一个亿给锤子最新的一轮融资，让锤黑们痛哭流涕、屁滚尿流的，怎样？"后来据传是郑刚打算说服罗永浩让锤子筹备去新三板上市。也许对于主要市场在国内的锤子而言，选择新三板上市是最佳选择。毕竟，罗永浩现在急需资金保障新手机的研发和顺利生产，也需要更多的钱来开拓其他业务线，寻找下一个盈利增长点。

2015年6月底，互联网圈和手机圈的热门事件莫过于乐视旗下子公司以21.8亿元获得酷派18%的股权，并成为其第二大股东。而除这一前途未卜的入股以及周鸿祎的"不爽"的消息之外，另一条重磅消息也诞生。这条消息直接引出了罗永浩背后的第三个男人——苏宁云商董事长张近东。

早在此前的3月份就有媒体报道，为了T2的研发和顺利销售，罗永浩曾经找到张近东寻找资金和渠道方面的帮助。而7月2日，来自北京企业信用网查询的信息显示，锤子科技企业法人的股东名单里，苏宁云商集团股份有限公司赫然在列，证实了双方"在一起"的消息。

2015年7月6日，苏宁云商方面公开确认投资锤子手机。与乐视入股酷派不同，苏宁云商此次投资性质属于财务投资，金额保密，锤子科技公司仍然独立运营。

罗永浩"傍上"张近东，显然两个人都是各有所图。从罗永浩这边来看，锤子科技看上了苏宁1 600家门店和O2O渠道，有助于为其打开渠道通路。而且，对于锤子这类新兴品牌来说，苏宁的品牌背书有利于提升锤子的品牌信誉度。一旦其在新三板顺利上市，融资将会变得更为顺风顺水。

而张近东也有自己的“小算盘”。苏宁近些年来一直处在阿里、京东等对手的压制下，转型之路举步维艰。此次入股，张近东看中了锤子的长线价值。此前苏宁已通过美图手机、TCL旗下的么么哒手机、PPTV手机外加PPTV电视布局终端硬件产品，此处与锤子合作，无疑是为了在智能手机市场上掌握更多主动权。可见，苏宁投资锤子，但它不一定要做手机。

“每隔一段时期，就会有改变行业格局的公司出现……抓住机遇吧，年轻人，不要错过之后，后悔得跟××似的。”这是老罗创业之后常挂在嘴边的一句话。我们不知道锤子能否改变行业格局，但这个中年大叔对机遇的争取和坚持仍然值得为他喝彩。

舞蹈家、企业家、资本家，每一次跨越都万众瞩目，每一次转型都需要极大的勇气，但她又从未让喜爱她的人失望。今天，让我们重新认识杨丽萍。

杨丽萍：一个人的舞林

文/曾庆山

舞蹈家转型做商人

2003年杨丽萍把大理的房子卖了，为她正在排演的舞蹈筹钱。在此之前的二十多年里，这位中央民族歌舞团的国家一级演员还没有为钱的事犯过难，跳出体制才三年，市场就给她结结实实上了一课。

2000年，42岁的杨丽萍离开了中央民族歌舞团，回到云南，当时她是享受国务院特殊津贴的国家一级演员，凭借孔雀舞获奖无数，五次登上春晚，达到了国内舞蹈演员看似不可逾越的高度。没人会想到，这次离开会成为她另一段辉煌的开始。

杨丽萍称自己的离开为“退休”，但她很快又“上岗”了。2001年，云南旅游舞蹈团找到杨丽萍，希望她能编一台旅游题材的歌舞剧。杨丽萍花费了15个月时间采风，遍访云南少数民族山寨，编排了一场上百名演员规模的舞蹈《云南映象》。

《云南映象》后来火遍全国，但在当时没有得到投资方的认可，他们想要的是那种能在旅游景点演出，让观众上台参与的表演。投资方撤资，杨丽萍却不想放弃，这不是她的做事风格，但排练需要一大笔费用，光是灯光、舞台就得花费上百万，于是出现了开篇卖房的那一幕。

《云南映象》后来得以上映，背后最大的推手是政府。杨丽萍请云南省文化部门的领导来观看彩排，还给省领导写过“求助信”，最终拿到了30万元的现金支持，政府另拨120万元，置办舞台、灯光设备。

2003年8月4日，《云南映象》在昆明会堂公演，观众被震撼了。某位文化部门的领导甚至激动地评价道：“这才是真正的舞蹈、真正的民族文化、真正的艺术。”很快，《云南映象》成为云南文化产业的一面旗帜，被政府推广到北京人民大会堂演出，接着又去了上海、香港等地，政府也借势大力推广云南的文化和特产。

《云南映象》火了，杨丽萍火了，她由舞蹈家升级为演出明星，还成了一名商人。《云南映象》公演一年后，杨丽萍成立了云南映像文化产业发展有限公司，并担任董事长。

分道扬镳

云南映像的商业模式很稳定，一部分人驻场演出，一部分人外出巡演，他们自称“两条腿走路”。此外，杨丽萍还接拍商业广告，用影响力塑造品牌。

企业发展壮大之后，合伙人建议出台公司章程，理由听上去无可反驳：“要养活剧团，我们必须建立游戏规则。”但杨丽萍天生不喜欢被束缚，她开始排练新戏，并且一排就是几部。舞台上一下子没有了杨丽萍的身影，票房自然一落千丈。2008年，公司解散。

对于“分手”，杨丽萍和合伙人对外宣称是因为“理念不合”，但身边的人都知道，杨丽萍觉得公司分红太多了，应该给她更多资金，开发新节目，而其他人则不想让她“另起炉灶”。

除了与合伙人“理念不合”，还有一个问题愈发明显：此前一直作为推手的政府好像不那么愿意出力了。政府多次提议为杨丽萍专门建造剧院，但始终没有批下来，这也导致杨丽萍排演的多出新剧目没法公演。一位文化部门工作人员的解释很清楚：“云南省政府在大力推动文化产业发展伊始，需要一面旗帜，而杨丽萍恰好出现了。随着近年来文化产业的发展，政府主推一个项目的日子已经过去了。”

公司解散了，政府帮忙的好时候过去了，杨丽萍则是不慌不乱，她清楚接下来的路该怎么走。

引入职业经理人

杨丽萍重组之前的演出和资产，成立新公司——云南响声文化传播有限公司（后改名为云南杨丽萍文化传播有限公司）。她依旧坚持“两条腿走路”，同时为每个作品单独打造商业运作模式，更关键的是，她为公司引入了一位职业经理人。

王焱武称自己“不懂艺术，却热爱艺术”，一次他到云南旅游，看了杨丽萍的演出。与杨丽萍见面后，他决定义务帮杨丽萍的公司处理一些事务。此前，他在香港证券公司、摩根史丹利、瑞士银行担任高管，是杨丽萍最需要的那种能弥补自己商业和管理经验缺失的经理人。

2008年开始，每周的周一到周五王焱武在香港工作，周六和周日飞到昆明。2012年后，他辞去香港的工作，转为全职。

对于引进职业经理人，杨丽萍想得很清楚，一个团队要想健康发展，必须要有专业的人才来管理，“如果家长自己去管理的话，就乱了”。

当时杨丽萍为一个问题头疼，即如何保证自己离开舞台之后，团队能继续维持下去，作品能继续演下去。这个忧虑源自上一家公司解散的教训。王焱武这时候发挥了自己在商业领域沉浸多年的优势，提出了专业化的解决方案——将企业资本化运作。

杨丽萍对企业资本化的态度犹如她率直的性格，觉得可以尝试，“成败都没关系”。

搭上资本快车

20世纪90年代，许翔是清华大学艺术团团长，一次他们请中央民族歌舞团到清华演出，但演出名单上没有最令人期待的杨丽萍的名字。徐翔抱着试试的心态打电话去杨丽萍家，结果杨丽萍一口答应了。从那之后，许翔就一直关注着杨丽萍。或许是“念念不忘，必有回响”，十多年后许翔与杨丽萍又有了交集，这一次他们是投资者和被投资者的关系。

2011年11月，王燚武在“滇池泛亚股权投资高峰会”上宣传杨丽萍文化公司，巧的是许翔正是听众之一，此时他的身份是深圳创新投资集团（简称深创投）西南大区负责人。

许翔想要投资杨丽萍的公司，但公司内部很多人认为这家公司过分依赖个人品牌，投资风险太大。许翔做了调研，坚持认为杨丽萍的公司值得投，当时市面上一些以演艺为主的公司业绩良好，杭州宋城甚至已经在创业板上市，他们60%的利润来自演出。

许翔还有自己的“私心”，他希望即便有一天杨丽萍离开舞台，她的艺术也能在资本运作的帮助下继续流传。

2012年10月，深创投领投3 000万元，共持有杨丽萍公司30%股份。杨丽萍持有70%的股份，其中10%的股份预留给了公司管理团队，作为奖励，凝聚人心。

资本进入之后，杨丽萍加大了巡演力度，在更多城市进行推广，收效明显。2012年公司净利润突破1 000万元，在此之前这个数字是几十万。

除了定点演出和巡演外，公司开始布局旅游市场，在大理和丽江建造剧场，同时在黄山等地与人合作，保证能有3~5处定点演出场地。此外，北京、上海的市场也在规划之中。他们的目标是，所有布局完成之后，年利润过亿元。

资本是趟快车，杨丽萍的公司感受到了风驰电掣的滋味。

女王永远是女王

"顺其自然"是杨丽萍在接受采访时说得最多的词语之一，也算是她的"活法"。在上市问题上，她也是这个态度。接受深创投投资的时候，公司提出将于2015年在创业板上市，杨丽萍本人则看得很淡："不是人家投资我们，跟我们合作，就一定要上市，这个理解是非常错误的。上市只是发展的一个方向，能上就上，不上照样要发展。"

王猋武则是从专业的角度考虑这个问题，上市除了能让股东获得更高的回报之外，对于以文艺演出为主业的公司获得发展资本也是非常有必要的。如果是向政府申请资助，民营文化公司会受到固定资产限制，因为杨丽萍的公司最重要的是艺术上的创意，固定资产不过才百十万元而已，能拿到的拨款极其有限。

杨丽萍最终改变了主意："本来我是觉得麻烦，所以不去想（上市）这个事，但是经过他们的解释，了解到这是一种非常生态的生物链方式。做失败了也没关系，该灭就灭，该生就生。"

在深创投的帮助下，杨丽萍的公司两次谋求在A股市场上市，但都与资本市场失之交臂。随着2013年IPO暂停，上市变得看似遥遥无期。杨丽萍的公司曾经一度接近借壳*ST天龙上市，但因为对方的一笔巨额债务问题，最终搁浅。不过他们并未放弃上市计划，而是把方向转向了新三板。

2014年10月23日，杨丽萍文化传播股份有限公司收到批文，完成新三板挂牌，证券简称“云南文化”，代码为“831239”。

2015年8月4日，云南文化公布了上半年财务报表，其中营业总收入为16 255 464.46元，同比增加22.36%，股东净利润同比增加419.24%，基本每股收益为0.2元/股，同比翻了5倍，挂牌新三板的效果非常显著。

杨丽萍不喜欢别人称她是企业家，她说：“我是做艺术的，不是商人。董事长我是挂名，有人在做，很专业的。我不管理，我只管作品。”但没有人否认杨丽萍在商业上的成就，尤其是现在又加了一个上市企业董事长的头衔。作为第一家登陆新三板的舞蹈演艺企业，杨丽萍的公司也在为艺术与资本的结合模式勇于尝试，为更多同行企业铺路。

女王到哪里都是女王，从舞蹈演员到上市企业董事长，对杨丽萍来讲不过是换了个“舞台”而已。

60岁前，这位中国报业改革先锋以良知守护底线，以智慧应对挑战，与同事们共同缔造“南方报业”名动天下的传奇。60岁后，没有“白纸黑字”的提心吊胆，范以锦找到了自己的幸福，智趣双修，善良的天性与有趣的性情得以灿烂舒展。

范以锦：一个人的新闻世界

文/李军奇

44年前洞庭湖毒辣的阳光仍不时晃进范以锦的梦乡。如果没有当年和连长关于插秧的日常对话，范以锦的人生坐标肯定与广州大道中289号这个中国著名的门牌号码失之交臂。那时他暨南大学毕业，和同学们一起劳作于湖南洞庭湖西湖农场，凌晨3点起床，晚上10点收工，“连长喊我过去，根本不知道旁边还有人在观察我的表现”。

1970年下半年，自知“又矮又瘦”，自傲“是党员和学生干部”的范以锦顺利地进入南方日报社。2006年11月，范以锦“安全着陆”。36年的光阴，他在中国报业史上刻下了名副其实的“范以锦”印迹。“媒体情感我从一而终，计划分配年代不由你选择，还好，我爱上了。”2011年11月17日，范以锦在新浪微博上给他的178万粉丝写下自己的就业观。是时，他已在母校暨南大学新闻与传播学院院长的岗位上任职5年。

范以锦转身成为范先生。他不仅在高校郑重地执起教鞭，而且也走进乡村学校。2013年10月，范以锦以《精英》杂志“幕天讲坛”发起人的身份，在陕西乡村学校的操场上与孩子们分享自己少年时的梦想，检讨人生道路的选择。

光荣后的如履薄冰

2014年6月10日上午，南方日报社旧印刷厂的报纸传输带旁，68岁的范以锦将一个印有“南方日报”字样的遮布摆了又摆，他用手机调整角度，拍了又拍。从南方报业退休8年的他，久违了这里曾有的繁忙。“我任上时，经常来这里看报纸印刷与派送的情况。”如今，印刷厂搬离，物是人非。这是一个适于回忆的场景。

1970年，走进南方日报社大门，范以锦称了体重，75斤；去湖南西湖农场时99斤。农场劳动量太大，油水都被榨干。进入报社，有工资拿了，还能接济家里。范以锦庆幸万分。“我们当时读经济的，有些同学毕业后去饭店端盘子或去商店卖咸鱼。广东某地有一个笑话，学西班牙语的被分到医院的牙科，因为有个牙字，以为是研究牙齿的。”

幸运的范以锦做了记者。邓小平抓整顿时，范以锦去一个小煤矿采访，调查这个煤矿整顿和消除派系、恢复生产的事情，费时一个星期。“派系消除了，路线端正了，生产也上去了”，把这样的标题放在了头版，“当时反响不错”。之后，范以锦又以来信的方式，反映这个矿在粉碎“四人帮”后人心凝聚、生产上去的大好局面，文末署名“本报记者范以锦”。他是广东报刊在“文革”后第一个署名的记者。

十一届三中全会后，范以锦在梅州记者站写下不少支持农民大包干的报道。

范以锦曾在一篇《负面报道不是负面影响》的文章中清晰地点明：“有些人躲在冠冕堂皇的概念下报喜不报忧，逃避社会责任和舆论的监督。”范以锦任南方报业传媒集团总编辑时，继承前任总编的好传统。“每周一篇批评报道出现在《南方日报》头版，有时还放在了头条”，“把机关报的舆论监督职能发挥到了极致”。

“社会矛盾越来越突出，就要求你的报道要平稳一点，收敛一点，避免因为报道不当将矛盾激化，这个是可以理解的。”范以锦在一次与杨锦麟的对话中说道：“新闻人也应该有这个社会责任，但是，利益集团的干扰是不正常的。”

“传闻几次做方案要调整我的位置，我说保留我的政协委员就行了。我哪里也不去，不当领导也可以，只要还是南方报人。”范以锦告诉笔者，作为领导，报纸被问责，就有责任去沟通，力求化解危机：“我不在乎自己的乌纱帽，我在乎报纸不改革发展会死亡，不考虑国情，盲目往前冲也有危险。”

“报社领导岗位是光荣神圣的岗位，而在这个岗位上又会碰到陷阱，如履薄冰。”2006年11月15日，范以锦发表离任感言，8次被场下自发的掌声打断。他与集团各届班子缔造了中国报业改革成功的标杆——《南方周末》和《南方都市报》《21世纪经济报道》《新京报》先继崛起；广东省委机关报《南方日报》亦以出色的革新意识赢得领导和市场的双重认可。

良知与无为而治

“你做的报道不错，这篇报道或许成为《南都周刊》的转折点。”2012年12月，《起底王立军》的主创石扉客在参加财新传媒领袖培训班后，被范以锦叫上车。石扉客此时是南方报业《南都周刊》的编委，2012年，他冒着风险与同事合力围猎那位曾令一方山水黯然的警界枭雄。杂志甫一出街，就被一抢而空。范以锦以传媒研究者的身份表达了对这篇报道的肯定。

更令石扉客感动的是，2013年，石扉客收到范以锦的微信，大意是：曾和其他专家一致荐举《起底王立军》为某协会2012年深度报道一等奖，但未被采纳，遂决定空缺一等奖。范以锦表示遗憾。离开南方报业，现已是《博客天下》主编的石扉客向笔者感叹：“老社长体制内的努力与为人的实诚，着实让我感动。”

爱才惜才，自然懂得如何保护好人才。这是范以锦在任时的基本功。有一年，旗下一家媒体因一则报道被上级严厉批评，要求撤掉负责人。看来祸闯得很大。范以锦认真看了报道，听取汇报，基本认定：有能力保护他。“文章报道的内容本身没有什么问题，主要是报道的人中有些比较敏感。”既然事情闹这么大，处理是一定要的。如果调离负责人，“会引起动荡，很快舆论会沸沸扬扬，那家媒体也会垮下去”，范以锦建议采取一个温和的办法——降职，“执行主编变成副主编，让分管社委去兼职主编”。“那你说执行主编大还是副主编大？”范以锦笑着反问笔者。上级领导也算开明，采纳了范以锦的意见。

正如范以锦所言，这家被处罚的媒体正是以这组报道为起点，开始了市场上的狂飙。

有人说范以锦对部下的保护出于良知。范以锦坦诚分析:“良知肯定有一个统一的构成，你不能强调良知，一味反对管理；也不能强调管理，抛弃良知。”

“对有才能的部下，除了保护，也要学会无为而治。什么叫无为而治？如果我的下属在某些方面比我强，就放手让他干，少管点。”范以锦告诉笔者，他现在骄傲的是，到全国各地去，时不时碰见南方大院出去的报业精英，“约我喝茶聊天”。

传承，需要勇气和智慧

范以锦的办公室房门总是敞开的。“这样方便同事来找我。”范以锦向笔者解释，这是几代南方报人留下的传统。20世纪80年代，一天，有人闯入时任社长丁希凌的办公室，打了丁希凌两巴掌。丁愕然，后来才发现，打人者是疯子。“可他并不会因为这两巴掌就在门口设个门槛。因为在老丁看来，这个是很意外、很偶然的事。”范以锦说那时很多领导的门都是敞开的，谁都可以进来跟他聊天，无论是领导干部，还是印刷厂工人，“也不叫丁社长，我们都喊他老丁”。

丁希凌有一个特点：出差住招待所，一早起来洗完脸，把洗脸水逐个端到同事房间门口。“他是一个非常平易近人的人，对工作、对员工要求很严格，但是他有很人性的一面。”

新中国成立初期创办《南方日报》的副社长杨奇（后担任《南方日报》总编辑。1957年参与创办《羊城晚报》）一生坚持“文人办报”的思想，范以锦很敬慕他。杨奇在新中国成立初期搞舆论监督的态度很坚决，他曾经在《人民日报》上发表文章，批评广州市常务副市长。“现在我和杨奇还有来往，他90岁了，可是思想还是很开明，常常谈到报纸的舆论监督和不要讲假话的问题。”

“南方报业品牌的形成不是我的个人功劳，这个品牌是经历届班子带领员工长期积累发展起来的，到了我这个年代，有个好机遇，我进行了理论的概括，在中国报业领域第一次使用品牌的观念。”范以锦认为“责任、担当、创新”这些品质构成了“南方基因”。“有了基因，并不意味着就能成功。要一代一代接棒传承下来，往前推进。基因的传承，还是需要勇气和智慧的。”

“我不是有本事的人，但作为社长，我有责任把最有本事的人放到最关键的岗位上。”在讲领导者的艺术时，范以锦喜欢把自己定位为“一块磁铁”，在他周围，形成人才聚集的磁场。一个脑袋是解决不了问题的，必须把众多脑袋用起来，发挥大家的智慧。智慧的发挥要靠人的凝聚力，“凝聚力就是要他心情舒畅愿意去做这个事”。

有趣的"新新人类"

2009年12月19日，"正在和范以锦老师一起玩微博，前辈比我还新潮。"上海交通大学传媒经济与管理研究中心主任谢耘耕教授在新浪微博上打了声招呼。范以锦落户新浪微博，立刻有粉丝涌上，有学生和前部下来打招呼的，有求关注的，范以锦基本一一回复。范以锦说他是在北京开会时向谢耘耕学习玩微博的。

与在集团社长任中的沉稳与克制的形象相比，在微博里，范以锦基本上恢复了童真的形象。"我因事找'云南伍皓'，发私信两天了，不见回音。恭请'博'友们'肉'一'肉'，看能否将他'肉'出来！"微博没玩几天，范以锦就抄起了网络语言，粉丝们热烈跟帖，各种帮忙。不久，范以锦在微博胜利宣告，"已联系上伍皓"。

微博不只是范以锦人际交往、开展传媒观察的阵地，更成了他与粉丝分享人生的茶座。教师节时，他痛快地向学生宣告："今年过节不收礼，要收就收微短信。"2011年年底，学生们开始找工作。范以锦微博上忙着与粉丝交流就业的话题。一个月后发现，他的诸多微信可以整理成就业系列。"然后我想，是不是可以设置议题。后来就有了学习篇、见习篇、伦理道德篇。"一不小心，结集出版的《新闻"微"茶座》成为全国第一本新闻类的全微博体书。"连序言都是微博体。"时年95岁的新闻学泰斗甘惜分是新浪微博认证的最年长的博友。范以锦敬仰其人品才学，私信甘惜分，请他写序。其时甘惜分卧病在床，他口述，儿子笔记，他再订正，家人将其序以私信的方式发送给范以锦。中国人民大学新闻学院副院长喻国明教授赞许此书："作为新闻学的领军者，范老的微博式学术话语，更像当年孔老夫子的论语式的表达。"

用南方报业传媒集团副总编丘克军的话说，微博上的范以锦是不折不扣的"新新人类"，"范老师年年都是学院发表论文最多的教师"。王悦是范以锦的研究生。在未进"范门"前，他就是范以锦的粉儿（粉丝）。第一次去导师办公室，"一进门，范老师就给我倒茶，看我满头汗，还找纸巾，一下子感觉就近了，原来大V（获得个人认证、拥有众多粉丝的微博用户）这么好接触。聊了一下午，他一高兴，送了我五本书，本本都签了名"。

范以锦有给学生布置写作任务的习惯。"他很公平，往往在与同学吃饭聊天时就点名，下一次该你写文章了。"范以锦强调，8年来发表的一百多篇文章，三分之一是自己独立写成，三分之二是和学生联合写作。"没有一篇是学生写了拿给我署名，借我的名字发表，我不做这样的事。绝大部分是我提出问题，学生拿提纲，我梳理，最后我改定。我一般把学生的名字写在前面，因为学生写了初稿，我尊重学生。"

范以锦的机敏给王悦留下了深刻的印象。2013年3月30日，广州星海音乐厅，2012年度南都奖学金的颁奖礼如期举行，王悦获二等奖。主持人介绍嘉宾时，范以锦第一个上场，全场掌声雷动，有吹口哨的，有叫好的。"享受的是明星的待遇。身边是各地来的获奖学生，我当时就很骄傲：这是我的老师，你们羡慕吧。"

范以锦的临场急智亦令观众意外。主持人调侃："看来范院长的普通话，这两年虽在高校里，也没见长啊。"范以锦笑笑："我见到南都的同事就像回家了，我回家就很自然讲家乡话啊。我讲家乡话你们能听懂的，是吧。”全场大笑。

“虽然我老了，但是接触的都是孩子，当然有幸福感。”范以锦身边现在有一批硕士和博士研究生，他乐于与学生在朋友圈、QQ群中交流，谁交朋友了、谁胖了，他都会“八卦”地先说。王悦说：“有时我们都惊讶于他的敏锐，消息从哪里来的？”

父辈的旗帜

范以锦快退休了，各方在打探。他拒绝了几家单位的邀约，“不是为了赚钱。要干，就是干我能够干的”。一次，他接到暨南大学校长助理的电话，对方希望范以锦到暨南大学新闻与传播学院当院长，“我说到处传言我要退，那就等正式宣布吧，那时我就去”。

“报社当领导的时候，有许多规定动作，不是你想干什么就干什么，有些事情不想干也得干，而且不能慢，动作要迅速。”范以锦觉得到学校就不同了，“这是充满深沉思考的地方，你可以静下心来研究学问，有时间对现实和未来进行认真思考。”

正式从南方日报社退休后，范以锦接到杨锦麟的电话。“他是我退下来以后第一个跟我说要见面的。”杨锦麟专程从香港赶到广州，带了台湾茶。范以锦问他有什么事，杨锦麟说没有事，“纯粹找你聊天”。“那是我们第一次见面。”

范以锦的激情，在高校里再次迸发。进入暨南大学后，范以锦做的第一件事就是与南方报业合作，创建“暨大准记者南方训练营”——暨南大学每年暑假前从新闻与传播学院选拔本科二年级学生参与训练。南方报业派出业务精英进行培训，然后在暑假让学生进入南方报业见习，对他们实习期间的表现进行考核，并建立联系档案，长期追踪考察，从中挑选优秀人才。吉林大学原校长刘中树教授评价道：“暨大准记者南方训练营”是具有开创性的成功的人才培养模式。在范以锦的倡导和支持下，暨大新闻与传播学院通过建立的训练营、特训营、创新基地，以及每年一次的“传媒领袖讲习班”，打通了与业界的联系，强化了理论与实践的结合，使学生受益匪浅。

谈及这些创举，范以锦颇感欣慰。这也符合他花甲之年给自己的定位——“我现在的原则，少干事，干力所能及的事，干有实际意义的事，干能干成的事，能干有影响力的事当然就最好了。”

淡泊名利、自得其乐，算得上是范以锦的家风。从他父亲范联盛开始，这样的薪火就开始燃烧。范联盛在反右、大跃进前后曾担任乡长、副镇长。1958年9月，范联盛打听到司机紧缺，便请求辞去领导职务改行当司机，很快获批准。他先后在汽车站、邮局、医院开车，1964年起到县委开车。“曾经身为官员的父亲当上司机后毫无失落感，反而变得异常兴奋。再也没有人找父亲麻烦了。”

回忆起父亲，范以锦总结道：“我的父亲是一个非常淡然的人，没有过多的欲望，满足感非常强，不追求过多的东西。”如今，范以锦的儿子在电信技术领域沉潜专注，收获着属于自己的快乐。

父亲范联盛以工人身份退休多年，后来又接到通知，说搞错了，让他重新按干部的标准领工资。“父亲只是笑了笑，没有特别在意。”范以锦永远记住了父亲的那份淡然。

何鸿燊被称为澳门的“米饭班主”和“无冕澳督”。毫不夸张地说，在澳门，至少有三分之一的民众都直接或间接受益于他的澳门旅游娱乐有限公司。

何鸿燊：一个人的赌城

文/十二叔

澳门往事

中国东南沿海的小小一隅——澳门，就是这样一个弹丸之地，却有着“世界四大赌城之一”的盛名。它与拉斯维加斯、蒙特卡罗、大西洋城齐名，是全球赌徒心中的圣地。

2010年，澳门博彩业的收入达1 883.4亿澳门元，是美国拉斯维加斯博彩业的四倍。2011年，澳门博彩业的收入达到2 678.67 亿澳门元，相当于2 111亿元人民币，约310亿美元，也远远超过拉斯维加斯和大西洋城两地博彩业收入之和，成为世界博彩业的龙头老大。

在这里，至少有三分之一的民众都直接或间接受益于澳门旅游娱乐有限公司，政府半数以上的财政收入来自博彩业。据说，澳门大街上多半私家车的主人都是赌场的工作人员。

在很多人的想象中，这里是东方的拉斯维加斯：在燥热的中国南部海洋里，这个面积只有328平方千米的真正弹丸之地上，每天都在上演着类似电影《离开拉斯维加斯》那样的故事，绝望的赌徒和走投无路的妓女，在没有希望的冷漠世界里耗尽最后一丝希望。

在想象中，这里是危险的暗黑森林。在灯火辉煌的赌场背后，是阴暗潮湿、不见天日的窄巷暗道，财富和贫穷永远只有一步之遥。港产片对此有浓墨重彩的描写。《新哥传奇》里，刘德华几经风浪，浴血拼杀，终于成为一城霸主；而《暗花》中的梁朝伟使出浑身解数，无论如何挣扎，终究不能逃脱命运的无常。

是的，这就是想象中的澳门。奇异、神秘、充满了金钱带来的血腥味，欲望沉沦如海水中的泡沫，它就是一个销金窟，丰满妖冶的艳女的另一张面孔就是狰狞的夜叉……

但是，澳门真的不是只有这一面。澳门生活指数高，贫富悬殊，但政府连年派发现金给市民，这在东南亚地区是绝无仅有的。2009年澳门每人派发5 000澳门元，2010年每人派发6 000澳门元，2015年每人派发9 000澳门元。只要是有澳门身份证的居民，人人有份。公车、家居电费补贴、13年免费教育等公共福利在这个小城之中一应俱全。澳门长期居于世界上居民最长寿的城市的前几位，这都说明当地幸福指数还是相当高的。

说回1557年，那时候，还属于明帝国的澳门被远航而来的葡萄牙人占领，成为这个欧洲国家事实上的殖民地。殖民者将此地作为他们贸易的中转站。澳门成为殖民地的历史远比香港久，可是却没有得到更好更有远见的建设。后来香港贸易和金融地位不断增强，澳门却还在原地踏步。

虽然葡萄牙女王宣布这块土地成为殖民自由港，不受中国政府的管辖，但很快来自欧洲的漫不经心的统治者发现，他们遇到了相当大的财政危机：贸易急剧衰落、收入拮据。1847年，澳葡当局决定在澳门设立一项不那么光彩的行业：公开招商设赌，向赌场征收“赌饷”，以开赌抽饷来增加收入。在此之前，这个小小的半岛亦是禁赌的。这一年，离清政府正式与葡萄牙政府签订澳门租借条约，还有整整40年的时间。

政策一出，澳门各处赌档蜂起，弹丸之地一片混乱。当局于是又订立条例加以管制，由政府发出“赌牌”，民间竞投得中者须与当局签约，在指定地点开赌。民间私自聚赌则属非法，将遭禁止与取缔。

澳门博彩业合法化由此确立，但是一直以来对谁来经营赌场、怎样经营都没有明确规定。摸索了近百年之后，直到20世纪30年代，政府才想到了比较可靠的管理办法，那就是由政府出面和娱乐公司签订合约，实行专利经营，而经营者则每年向政府缴纳一定比例的赌饷，即博彩税。

此规定出台，结束了以前阿猫阿狗都能在澳门开摊设赌的粗放年代，赌场在澳门从此成了法定的垄断性行业。不管是谁，只要取得了政府颁发的赌场牌照，就能痛痛快快地数钱了。一个叫卢九的商人拔得头筹，获得了第一张赌牌，开始合法地在澳门做起赌场的生意。不过，他的赌场只经营中国传统的“白鸽票”“揽珠彩票”等。1930年，卢九联合范洁朋、何土等人组成“豪兴公司”，在广东银行行长霍芝庭和香港康年银行创办人李声炬的支持下，把位于澳门新马路的中央酒店二楼和六楼开辟成赌场，另在赌场内设置戏台，请粤剧名伶前来演出，以吸引赌客。为吸引更多港人来澳赌钱，“豪兴”还斥资购买了一艘驱逐舰，改装为客轮，来往于港澳之间，港客趋之若鹜。

卢九之后登场的是傅老榕。1937年，傅老榕联合港澳押业大王高可宁参与赌牌竞标。结果，傅老榕以180万澳门元的巨额年饷一举中标，这一年饷是豪兴60万澳门元旧年饷的 3 倍。傅老榕和高可宁合开的赌博公司名叫“泰兴”。

这两个人很幸运，尽管没有什么证据表明他们的管理能力比别人高明多少，但20多年来与澳府火热的关系，也让二人风光了许久。高可宁、傅老榕与澳府之间的密切交往编织成了澳门博彩圈最早的一张关系网，将其他有心染指博彩圈的老少爷们儿排斥在外。比如江湖起家的叶汉赌技高超，被称为“赌圣”，但因不是同一个圈里的人，只能站在圈外看着人家发财。

到了20世纪50年代，澳门政府换了新澳督——马济时。他看到几任“前辈”虽然比较稳妥，没出什么大乱子，但是对垄断多年的赌场也太“仁慈”了点。上任之际，他提出了公开竞拍赌业管理权的办法，引来不少有心人的关注。这一次公开招标，给了叶汉、何鸿燊等人一次“公平竞争”的机会，造就了一位执掌澳门博彩娱乐业超过半个世纪的“一代枭雄”。

马济时澳督也许没有想到，他的“灵光乍现”不但改变了澳门博彩圈的格局，也影响了澳门其后50年的生意经。

公开招标赌牌使得澳门博彩娱乐业高度发达，成为闻名世界的“东方拉斯维加斯”。何鸿燊顺势入手，夺得赌牌，一举成为澳门开埠以来影响最广、权势最大、在位时间最长的“赌王”。

落魄富三代的雄起

1941年，太平洋战争爆发，日本人在短时间内相继攻陷了东南亚的几个岛国。米字旗荫蔽下的中国香港也未能幸免，而与之隔海相望的澳门却安然无恙，在战火中岿然不动。

是因为澳门有坚固的城防设施，或者有实力剽悍的部队在镇守吗？都不是，因为它有葡萄牙政府罩着。葡萄牙当时是中立国，还没有表明立场加入哪一阵营呢。

不过人家对自己的殖民地还是比较照顾的，早就向自己的另一块殖民地巴西打过招呼了，声明如果日本军队敢踏进澳门一步，就把巴西的300万日侨赶回老家。对于人多地狭的日本来说，接纳规模如此庞大的“海归”团体真不是开玩笑。这样一威胁，日本只能乖乖听话，自始至终没有攻占澳门。于是，稍有门路的香港人、东南亚人纷纷把澳门当作了避难的天堂。

此时，香港大学的一名肄业生，口袋里仅揣着10港元，辞别了亲人，跟着避难的人流来到了这里。这个年轻人就是后来名震濠江的一代“赌王”——何鸿燊。

何鸿燊是混血儿，很有语言天赋，能讲一口流利的英语、葡语和日语。初到澳门，他进了一家贸易公司，做了一名秘书。当时正是日本军队在东南亚海上为所欲为的时候，公司看他外语好又善交际，就派他跟船，以便应对随时可能遇上的日本舰队。

跟船工作的风险很大，搞不好就会有生命危险，但是酬劳相应地比单纯当秘书多了好几倍。运气好的话，可以很快让自己和家人过上好日子。为了养家，也为了重振家族雄风，年轻人义无反顾地上了船。第二年，他就成了公司的合伙人，为自己将来创业淘到了第一桶金。

需要指出的是，何鸿燊并不是走投无路、铤而走险的穷苦出身，相反，他出身于香港昔日首富何东大家族，祖父、父亲都是香港有头有脸的富豪。其父何世光在当时香港的富豪榜上能排进前十位，不仅担任洋行买办，同时还是立法局的议员及港岛最大的慈善机构华东三院的主席，在商界、政界都很吃得开。算起来他还是货真价实的“富三代”。如果说90年前也流行“拼爹”的话，那么何鸿燊的老爸何世光可比什么“四大名爹”牛多了。

少年的何鸿燊绝对称得上锦衣玉食。他出生之时，其父亲事业正处在高峰期，花园洋房里光是厨师、园丁、车夫等佣人就有20多个。由于何鸿燊从小就深得父亲喜爱，很小的时候就得到父亲赠送的一栋以他的英文名字命名的别墅。

如果何鸿燊在家族的庇佑下顺风顺水地长大，他的人生或许就不会这样精彩万分了。在他13岁那一年，父亲在一夜之间破产了。

现在的“基民”“股民”都知道“入市有风险，投资需谨慎”，可惜的是何世光没掌握这句名言的精髓，在股票市场栽了大跟头，赔光了几乎全部家当，只好带着几个大一点的孩子到越南躲债，从此杳无音讯。

过惯了少爷生活的何鸿燊一下子由云端跌到谷底，成了势利的亲戚们避之不及的穷小子。享受过贵族生活的他对财富的渴望比一般人更加强烈。如今在澳门小小的贸易公司积攒了一点资本后，何鸿燊自然不愿再寄人篱下，他要开创自己的事业，打下一片大大的“商业帝国”。

何鸿燊经历了父亲的光荣和失败，总结出单纯经商或者在政府挂个虚名都没有官商挣钱稳当。于是他疏通关系，进了澳门政府的贸易局，做了供应部的一名小主任，和澳门前行政长官何厚铧的父亲何贤成了同事。

那个时代或许没有“不能把鸡蛋都放在一个篮子里”的说法，但是何鸿燊的曾祖父是犹太人，血液里流淌的都是怎样把别人口袋里的钱转到自己口袋的招数。何东大家族有两条家训在港澳地区很出名：“一要勤力，二要银纸在手搓到实，千祈唔好跣手！”意思是：第一要勤快，第二要把钱牢牢拿在手里，不能手里一滑让它溜走!

何鸿燊不敢忘记祖先的教诲，做了公务员之后，开始瞄准第二职业。他和恒生银行的创办人、广东老乡何善衡一起开办了洋行，和朋友梁基浩合办了一家煤油提炼厂。

有人会有疑问，怎么澳门的富豪这么多姓何，难不成都是何鸿燊的老本家？何姓在南方是大姓没错，但是何鸿燊家族原本并非何氏子孙。他的曾祖父可是纯粹的欧洲人，其姓氏“Bosman”用粤语读出来就是“何仕文”，他娶了一名中国女子之后就入乡随俗，有了中国化的“何”姓。据说何鸿燊多年之后在国外四处投资时，就经常标榜自己的欧洲血统，以此来赢得对方的信赖。但是面对中国内地，何鸿燊则坚定不移地宣布自己追随母系，是正儿八经的广东宝安人。真是左右逢源、中外通吃!

老话说得好，“富贵不还乡，如锦衣夜行”。何鸿燊既然是因为避难才来到澳门的，那他现在事业有成，当然应该回香港，让曾经势利的亲戚们惭愧一番了。也有说法说他在澳门崛起得过于迅速，引起了澳门本土豪强势力的排挤，不得已才回到香港发展。

“过江龙”何鸿燊只身从香港来到澳门，在这里结识了葡萄牙籍的贵族小姐黎婉华，借妻子的关系跻身澳门的上流社会。他到贸易公司“跑船”，九死一生，一年后就得到了100万澳门元的公司红利，与贸易圈的伙伴们建立了牢固的合作关系。有了本金之后，他与朋友合作办洋行、开工厂。这位“富三代”在经历过人生的低谷之后掌握了社会的生存法则。但是何鸿燊当时还是年轻，忽略了要想在澳门站稳脚跟，就一定要与本土势力打好关系。这一次疏忽让他得罪了一批本地势力，结果他刚刚在澳门取得初步成功，很快又不得不离开澳门，回到香港。

他回到熟悉的香港，创办了利安建筑公司，开始从事地产和建筑生意。此时，妻子患病在床，何鸿燊一个人应付不来纷繁的应酬，“不得已”又“纳妾”。这一次迎进门的是一位国民政府前高官的女儿——蓝琼瓔，通过蓝家的关系，他的建筑公司拿到了不少工程。

今天，一提到“房地产商”“开发商”，买不起房的人都有满腹的怨言，手里有点余钱的人，则会揣测投资房地产到底能有多大的利润。搞地产讲究的就是一个“提前下手”的时间差。5年前盖的房子肯定比现在成本低多了，10年前囤积地皮的话到现在指不定翻了多少番。照此看来，先行了半个世纪的房地产大亨的成功就更加容易了。当年敢于在香港进行地产投资的还真不是一般人。那个年代给我们的印象是一个容易成功的时代，仿佛只要你进了圈子，有一定的资本加上一定的投资眼光，招招手，成功就来了。

比如，霍英东在这个时候用三年海上冒险赚来的第一桶金，注册了霍兴业堂，大张旗鼓地开始了预售楼花的房地产事业；“珠宝大王”郑裕彤也在同时主宰了“周大福”金店王国，而且悄悄进军了房地产市场；李嘉诚在1950年用平生积蓄创办了“长江塑胶厂”，1958年购入大量地皮正式进军地产业……

何鸿燊身为港澳财富圈的达人，赚钱的嗅觉灵敏，怎么可能慢人一步呢？他与其他几位商界大佬一样在地产上做起了文章，为香港富豪圈再添传奇。要不怎么说“英雄所见略同”呢，当年在香港买房置地的几位老板到如今全都是叱咤香江的骨灰级人物了。不过何鸿燊没有像霍英东他们一样买地皮、盖大楼然后出售给香港市民，而是利用自己与官方的“友好关系”，承接了香港三军宿舍的工程。做政府的生意，利润高、风险低，赚起钱来更加容易。

故事讲到这里，我们归纳一下以上几位成功人士的两个共同点：一是他们都曾获得过香港特别行政区的最高荣誉——“大紫荆勋章”；二是这几个人的祖籍都在广东。

其实，1949年之前，广东、澳门、香港本来就同属一个大圈子，何鸿燊则是这个大圈子中顶级的富豪圈中人了。顶层圈子里发生的段子当然要比影视剧展现的豪门恩怨更加曲折生动。

2011年，何鸿燊九十大寿的前一天，他的二太太一家广邀名流来为老爷子祝寿，董建华（首任香港特首）、曾荫权（次任香港特首）、李嘉诚（这位就不多说了）、赵世曾（香港商人）、饶宗颐（著名潮汕学者）、霍震霆与霍震寰（全国政协副主席霍英东的两位公子）、何厚铧（首任澳门特首）等数十位港澳超级大名人，出席了这场豪门夜宴。坐在轮椅上的“赌王”看起来有点疲惫，虽然穿戴一新在几个女儿的簇拥下出现在众人面前，但是表情甚是呆滞，连挥挥手这样简单的动作也懒得做了。问及“赌王”的生日愿望、感言，也都是何超琼装作侧耳倾听了老爷子的意思，然后翻译给大家。至于是不是“赌王”的本意，反倒没有人在意。

何鸿燊身后庞大的家族、他的多国血统、俊朗的外表、丰厚的财富、成群的妻妾、十几个觊觎家产的子女、“赌王”的身份，无一不是大众茶余饭后的谈资。其中最令人感兴趣的，莫过于何鸿燊如何由一位香港的二线商人转变为执掌澳门博彩业50余年的“一代赌王”。

圈子组团夺“赌牌”

这事儿还得从何鸿燊的前辈、名叫叶汉的赌场老手说起。

叶汉也是广东人，他不像何鸿燊一样从不沾赌，而是从小嗜赌如命，被父亲视为不务正业的闲人。他十几岁就进入澳门的赌场做了荷官，因赌技惊天地泣鬼神，成为“史上最有名的荷官”，享有“赌圣”“赌枭”“赌神”一系列草莽味十足的诨号。

叶汉先后“屈就”于卢九和傅老榕两代“赌王”，在人家的赌场做“高管”。到20世纪60年代，他终于不愿久居人下，准备自立门户，开始申请经营赌场的营业执照。

开赌场是暴利行业，那执照可不是轻易就许人的，申请者不但要有足够的财力支撑，社会地位也要禁得起“推敲”。面对这个高门槛，浸淫赌场多年的叶汉两次竞投澳门赌牌都失败了。

当时澳门政府可没有什么透明政策，赌场经营权到底是几年满期？傅老榕一直都以什么价格买断赌权？叶汉也是下了血本，打通关节，才了解到赌场经营权是两年一期，在期满前6个月竞投，而老赌王傅老榕每次都是以象征性的120万澳门元拿下。这里头猫腻不少啊！说是“竞投”，可每次除了傅老榕之外，其他人都不知道什么时候投标，底价多少。这真是超级小圈子游戏啊！

无论如何，叶汉既然已经知晓底细，就精心设计了标书，将标金提高到了180万，比起傅家的120万，应该是稳占上风了。他却没有想到，傅老榕多年来在标金上付出的不多，可他这种混迹赌场多年的大佬与澳府官员私下的“沟通”肯定少不了。所以，他这边刚加了价，那边就有人“不经意”泄露了叶汉的标金，傅家赶紧加到一样多。结果一出来，两家标金一样，按照规定，“标金均等的情况下，原持牌人优先”，叶汉就这样又输了一局。

直到1961年，澳门政府换届，新一任澳督上任，决心改革赌业，重新招标，而且向社会公布了最新底金为300万澳元，但是竞投的标书不公开，价高者得赌牌。这一次公开竞标恢复了叶汉的信心，他打算“重整旗鼓”，再度出山。

他总结了失败的教训，意识到自己一个人势单力薄。换句话说，就是没有自己的圈子混，所以不成席，要想成为真正的“赌场之王”，必须得联络一个财团才行。实在找不到的话，临时组团也行！

他先是拉拢了香港有名的花花公子叶德利——何鸿燊的妹夫，表明了自己的想法。叶德利知道开赌场是来钱的渠道，可是吃喝玩乐样样精通的他对做生意实在是外行，于是他灵机一动，提出请自家的圈内人大舅哥何鸿燊出马，一起入股。

得知何有葡萄牙国籍和澳门生意人的双重身份，叶汉当即同意，邀请何鸿燊入伙。再说何鸿燊这边，自从十多年前被澳门的豪强逼出濠江之后，虽然在香港也算长袖善舞有自己立足之地，但是对于澳门魂牵梦萦，也时时不忘杀回去上演《王子复仇记》。虽然他从未涉赌，但是对澳门的博彩业很熟悉，认为这是一个重回澳门光大门楣的好机会，毫不犹豫就答应了。也许何鸿燊当时并没有想到，澳门其后的半个世纪的“赌王”就是自己，而且论影响、论实力都远胜卢九、傅老榕两位前辈。

叶汉的竞争对手实力不弱，为确保本次竞投万无一失，何鸿燊又请来香港华商界的重量级人物霍英东加入。传闻霍英东一开始嫌参赌名声不好，不愿意合作，后来是何鸿燊略施小计才“就范”的。

长期赞助国家多项体育运动的霍英东，其名字对于内地人来说，要比何鸿燊更加响亮一些。这两个人年龄相差两岁，都曾就读于香港最好的贵族学校——皇仁书院，早在20世纪50年代两人就经常进行商业合作。后来联合竞标成功之后，霍英东几十年都是澳门旅游娱乐公司的大股东，直到10年前才宣布退出澳娱。霍老在退出博彩业之前，玩了一手很漂亮的捐赠，把市值100亿港币的股权全部捐出，成立了一家基金会，专门用于澳门建设。这一举动为他“红色资本家”的声望又添了一把柴火。在退出的记者会上，霍英东着实爆了一把猛料，他说“没有我，就没有今天的澳门，包括何鸿燊”。合作了半个世纪的盟友之间也有许多不得不说的故事。

霍英东“回首过去”，透露了他和何鸿燊的圈子情义始于新中国成立前。当然，对于港澳来说，新中国成立前或许算不上里程碑式的时间点。当时，霍英东听说海底有一种海草可以治胃病，就倾尽所有财产，招募了渔民前去打捞。等到他九死一生，将海草带回澳门时，碰上了在澳门贸易局供应部当主任的何鸿燊。

按照霍英东的说法，何鸿燊当时很不厚道。何主任没有直接收购这些海草，反而将海草晒干，还筛去泥沙，之后才过磅称分量，这样一来，重量减半，让霍英东的投资都打了水漂。这个段子衍生出一则笑话：霍英东靠打捞海沙发家，何鸿燊则是专门“筛沙”发家。

不过也难怪何鸿燊会这么做，设身处地替他考虑一下也就明白了。每一个买家都是睁大眼睛挑剔卖家货物的缺陷，好降低成本。这件事也算是不打不相识，两个人后来做了朋友，表面上你来我往、客客气气，也算是“相逢一笑泯恩仇”了。

说回当年这个豪华竞标团队的组建细节，也相当有趣。澳门赌权公开招标的前10天，霍英东接到一个电话，说澳门有一场慈善足球赛，希望他能参加。霍英东一向都很热衷慈善事业，又爱运动，不疑有他，就答应了。

霍英东到了澳门，发现一同下场踢球的还有何贤、何鸿燊等人，一下子就嗅出不同寻常的味道。用足球、慈善等为各类富豪搭建一个交流的平台是很常用的手段，如同今天的高尔夫一样，“钓胜于鱼”。踢完球，富豪们很自然地坐在一起共进晚餐。狗仔队当然不会闲着啊，于是澳门就有消息传出来，说何鸿燊和霍英东专程由港赴澳做“食饼仔”，传闻有鼻子有眼，“有图有真相”。

所谓“食饼仔”，形容的是在招标期间企图浑水摸鱼的一些人，他们摆出一副竞标的姿态，然后再以自己“放弃竞标”为条件，得到真正竞标者的一些经济补偿，说白了就是想空手套白狼。当时这种现象很盛行，也难怪几个富豪一起出现在公众视野、一起吃顿饭，就有了这样的传言。

霍英东当时是香港华商的头面人物，当然不愿意被看成来澳门占小便宜的人。何鸿燊趁机试探他是否愿意联手竞标。

为了证明自己的“清白”，霍英东答应组团竞标，这才有了叶汉、叶德利、何鸿燊、霍英东的“四大天王”组合。霍英东说当时何鸿燊入股的40万元还是向自己借的，所以说自己成就了何鸿燊也不为过。

当时澳门政府指定的呈交投标文件的时间是下午5点，对手上一代“赌王”的儿子傅荫钊4点50分递上去，何鸿燊等人在离结束还有5分钟的时候递交了投标文件。结果，何鸿燊比对方出价高出17万元中标。“叶汉、叶德利、何鸿燊、霍英东组合”的澳门娱乐公司以微弱优势击败了竞争对手，拿到了叶汉梦寐以求的“赌牌”。

失败方是澳门赌场曾经的霸主，他们当然不甘心就此认输，请了当时澳门的华人首领出面，向何鸿燊等人转达了八项威胁，试图让叶汉、何鸿燊的组合自动放手。这八项威胁的第一项就是“要取何鸿燊的性命”！

人们都说“商场如战场”，可是把生意做得像何鸿燊的对手一样，放言要杀人，也算是一种境界了。对方不光以性命威胁，还有各种下三滥的手段配合使用，以达到目的。诸如“只要新赌场开业，就让全澳门的乞丐都到赌场门口行乞，吓走赌客”“不准私人楼宇将场地租给何鸿燊开赌场”“让全澳门的酒店都停业，让香港和外地赌客没处住宿”等，不一而足。

总之八条威胁，条条致命！一般人恐怕还没看完就举白旗了。何贤就劝何鸿燊何必为了一家赌场搏上自己的性命，还是回香港继续买地皮、卖楼房、数银子得了。

人生能有几回搏！这时候可比容国团打乒乓球惊险得多。何鸿燊显出了自己乱世英雄的一面，他随即开出了100万澳门元的赏金，如果自己遭遇不测，请人在48小时内为自己报仇！只要能够替他报仇杀掉暗杀他的人，就能拿到这100万澳门元！这一记狠招叫作“与汝偕亡”，让八大威胁的第一条不攻自破，剩下的几条，他也发动圈中朋友，分兵抵御，黑白两道都有布局，所以对方的杀手锏也随之慢慢失去了威慑的力量。

澳娱公司突破重重阻碍，艰难问世。很快客似云来，生意红火，盈利丰厚，赌场的新股东们的好日子来了。

赌技高不如手段高

过了这一关之后，何鸿燊面临的就是清理门户，解决自己圈子里面新陈代谢的新难题。

何鸿燊知道赌场开业初期，需要叶汉这样精通赌术的技术型的人才来把关，所以开始的几年他对赌场经营方面插手并不多。叶汉实现了多年的梦想，将赌场经营的大权独揽。两个人各取所需，前几年平安无事。

在叶汉眼中，这次竞标成功的澳娱就是自己的产业，其他几个人不过是自己请过来撑门面、打酱油的。再者说了，这几个股东里面只有自己一个人精通赌场的各种门道，所以他时时刻刻以赌场总管自居，连港澳的媒体也都称呼叶汉为新一代的"赌王"。

叶德利对赌场经营毫无兴趣，他只要有分红就可以了。拿了分红，叶德利才能继续过自己世界级花花公子的奢华生活。最经典的一个故事是：1983年，叶德利在墨西哥一处度假胜地过自己70岁生日。他可没有悄悄庆生，而是大张旗鼓地把自己曾经交往过的"女朋友"和她们的老公、子女都请了过来。这个圈子，忽悠得够大的了。

昔日的情人们分散在世界各地，没关系，叶德利"不差钱"。他给所有应邀而来的客人们安排了飞机的头等舱，而且所有人都被安排在五星级酒店住宿，临走时，每位"前女友"还得到了他赠送的钻石、手表等贵重礼物。这个排场，即使是香港首富也未必搞得出来。

有媒体误以为叶德利是阿拉伯某国的石油大亨呢，一问才知道，人家只不过是澳娱的一个小股东而已。这样一个游戏花丛的人怎么会老老实实坐镇赌场呢？他越是放权，叶汉就越高兴。

霍英东家大业大，对香港的房地产事业都忙不过来，况且还忙着支持祖国建设，更不会去争澳娱无谓的虚名。

何鸿燊的情况则大不一样了，他虽然出资不多，但是没有他的葡国国籍，这澳娱是不可能成立的；更关键的是，澳门的上层关系，他觉得是自己摆平的，所以赌博圣手叶汉和生意枭雄何鸿燊难免展开了一番明争暗斗的较量。但是叶汉只熟悉赌技，对于现代公司运作不得要领，很快就被何鸿燊的明暗关系所牵制，全面落于下风。

话说当年，叶汉为了壮大声势，曾经试图邀请珠宝大王郑裕彤筹划竞投赌牌，何鸿燊当然不愿这么多人来发起，但是又不便跟叶汉明说，因此他一句许诺就让郑老板知难而退。何鸿燊对郑裕彤说："只要你放弃竞投，将来有机会让你参股澳娱，而且股份不会少于叶汉现在所持有的数目。"既然如此，郑裕彤何必跟何鸿燊较劲，在商战中多一个朋友显然比树一个强敌划算多了。

何鸿燊不仅通过高管阶层的支持接手了赌场，而且也没有像叶汉一样只盯着赌桌。他建码头、办航运、盖酒店，迅速壮大澳门娱乐的资产；结交善缘，政商朋友越来越多，地位也就越来越巩固。1972年，何鸿燊又在香港成立了信德公司，几乎完全掌握了港澳之间的客运资源。这时候他找机会让叶汉去欧洲"考察"，待叶汉一走，就全面插手了赌场的人事管理，所有的重要岗位都安插了自己的心腹，而叶汉曾经倚重的老人都"告老还乡"了。

何鸿燊暂时摆平了叶汉，继续把生意做大做强。他看到来赌场"娱乐"的人越来越多，澳娱的腰包越来越鼓，企业家精神也就发挥了作用。何鸿燊琢磨：眼下客人虽多，但一掷千金的豪客不多，听说几个阿拉伯国家富得流油，不如到那边也开一摊买卖吧。

对了，郑裕彤不是一直想分博彩业的一杯羹吗？叫上他一起到伊朗玩玩，听起来是个不错的主意。为什么选择伊朗而不是别的阿拉伯国家，这当然与人家的投资环境有关系。阿拉伯国家大都是穆斯林，禁止赌博。只有伊朗国王巴列维正打算缓和国内阶级矛盾，举国推行“白色革命”，大力倡导西方的生活方式。

巴列维年轻的时候，一度沉迷于声色犬马，玩赛车、游艇，极其奢靡。所以当东方来的贵客申请在本国投资经营赛马场时，他大方地签订了30年的专营权。何郑遂拿出5 000万美金，在德黑兰建成了一座高水准的赛马场。

赛马场开业，让整个阿拉伯世界随之沸腾了。石油大亨、各国王储都专门来到德黑兰赌马，巨额赌资让巴列维、何鸿燊、郑裕彤都乐得合不拢嘴。伊朗国王一高兴，还说要嘉奖两位东方财神爷。

但是天下没有好事都给一个人占了的道理。这个异域赛马场开业没多久，伊朗国内发生暴动，巴列维流亡去了。失去了政治靠山，赛马场不再热闹。新的当权者对巴列维相当痛恨，“凡是他支持的我就反对”，何鸿燊的赛马场成了被“殃及”的“池鱼”自然办不下去，5 000万美金打了水漂。这件事让何鸿燊感觉亏欠了“鲨胆彤”，成为他日后将叶汉的股份卖给郑裕彤的一个主因。

还有一件事儿对何鸿燊和叶汉两人之间的争斗结果起到了关键性作用。

当时香港的赛马场吸引了很多有钱人参与，叶汉看到了，就想在澳门开一个赛马车场，分一杯羹。可是何鸿燊怎么会让叶汉成功呢？他悄悄向澳督李安道建议，将赛马车改为赛马比较靠谱，还说由香港大财团会对此注资。不过何鸿燊的承诺没有兑现，政府最后还是批准了叶汉的建议。

这下何鸿燊不干了，他通过媒体指责叶汉“吃里扒外”，身为澳娱的股东却跑到外面办赛马车场，分流赌场的客源。何鸿燊的理由很充分，把叶汉堵得说不出话来。他给叶汉两个选择：一是关了赛马车场，好好经营赌场；二是放弃澳娱股东的身份，专营赛马车。

叶汉本不想放弃挚爱的赌场，但是“既生瑜何生亮”的悲哀让他不愿再跟何鸿燊合作，只得把自己的股权转让，退出了澳娱的世界。何鸿燊没有食言，果真让郑裕彤接手了叶汉的股份，“珠宝大王”实现了自己进军博彩业的愿望，成了一名像叶德利一样“只管拿钱不做事”的董事。

叶汉在赌桌上战无不胜，可是在经营方面屡遭挫败。本以为退出澳娱，专心做赛马车场也能过过“赌瘾”，可是赛马车场却连年亏损，无奈之下，叶汉只好将其贱价出卖。

这回做点什么呢？他想到了赌船，陆上争不过你何鸿燊，那我就到海上另辟天地。于是，他租了一艘客轮，粉饰一新，命名为“东方公主号”，大肆宣扬“本游轮提供综合性娱乐服务”，还说“只要你有备而来，就可能满载而归”。虽然没有明目张胆地说自己的油轮就是赌船，但本地人全都心知肚明。

海上豪赌，别有意境，“东方公主号”开业之初还真是红火。

何鸿燊不愿叶汉如意，向政府施加压力，提醒澳府自己的垄断期限还长着呢。叶汉见招拆招，你不让我在港澳海域营业，那我就到公海上去，这样不管哪国的法律、禁令都奈何不了我。

香港有钱、有闲的人多的是，经营影视公司的向氏兄弟看到叶汉的“东方公主”日进斗金，就安排了一艘更豪华更气派的“利达王子号”来和他“做伴”。这一对“王室成员”一同戏水可坑了何鸿燊，让他的澳娱生意一日不如一日。

何鸿燊心一横，非要逼我在海上见分晓是吗？他一下子把旗下信德集团的“华澳”“庐山”两艘邮轮改装成赌船，对抗“王子”和“公主”。

英皇集团的杨受成也拥有一艘赌船，叫“金公主邮轮”，马来西亚赌王林梧桐也不甘寂寞，干脆组建了一支船队，将赌船从大马开到香港来接客到公海上豪赌。“双鱼星号”“双子星号”“金牛星号”等六艘以星座命名的邮轮浩浩荡荡开了过来。按照林梧桐的计划，集齐十二星座才是他的终极目标。

海上竞争烽烟滚滚，何鸿燊勉力应对，岸上又起风波。

在葡京赌场，何鸿燊并没有一味“自己吃肉，别人喝汤”，而是追求共赢，允许其他富豪和自己一起分享这块大蛋糕。“闲人不得入内”的贵宾厅就被不少圈内人长期承包了，每个贵宾厅主与何鸿燊的关系类似于现代商场中各商户与商场老板的关系，你承包了摊位，我帮你拉拢顾客，双方都有得赚，这样才会合作愉快。有内部人士透露，谁能拥有澳娱的一间贵宾厅，谁就能拥有每年近千万的稳定收入。

既然贵宾厅如此挣钱，那各大厅主都不是等闲之辈。据了解，向氏家族的向华胜、大地产商冯志强、澳门教父马万祺的公子马有礼、群爷吴立群、曾经是14K的核心成员的“街市伟”吴伟等港澳名人都在澳娱有“一厅之地”。何鸿燊十分重视这些贵宾厅主，每晚都会挨个打电话，询问当日的经营情况。

其实以何鸿燊等人的身份，想得到一份经营报告的话，手底下多少人等着献殷勤呢，又何须亲自上阵。可见，这一圈电话打过来，联络的就不只是经营状况了，人情自然也在其中，成为融合圈内人关系的润滑剂。

叶汉虽然不断进行赌博创新来和澳娱竞争，但是双方实力相差太远，叶汉的朋友和混的圈子，与何鸿燊的完全不可同日而语，所以这个较量也就越来越没有悬念了。

何鸿燊与叶汉多年斗争的结果表明，一个优秀的赌术高手并不一定是优秀的赌场管理者，何鸿燊这个从来不赌的人坐实了“赌王”的宝座，一坐就长达半个世纪之久。

有手段还得有人情

笔者写作本书的时候，数度走访港澳，其中专门拜访了80岁开外的长者金卓波。这位第一代澳门娱乐公司雇员，是为何鸿燊的公司整整工作了45年的老荷官。他回忆半个世纪之前自己在新花园赌场工作的情景时，也只是提到了何鸿燊，对叶汉印象不深。他说那时候的赌场其实很小，里面挤满了人。在赌场中流行的还是一些中式传统博彩形式，比如番摊和牌九。

“桌子上堆满了钱，推杆伸出去，就像螃蟹一样。我们就要记住每个人他押了什么，赔率是多少，开庄之后立刻就要心算出来赔给客人——难度很高是不是？赌场面积不是很大，屋子里挤满了人，有时候老板从门口走过去，我们都能看得到。”

他说的老板，就是何鸿燊，在谈话中，他几乎没有主动提到叶汉，尽管在某些出版物中，新花园赌场时期是叶汉作为澳门“赌王”的巅峰期。甚至到1972年，葡京赌场落成的时候，澳娱的控制权还在叶汉和何鸿燊两人之间摇移。显然，这是所谓的神仙打架，暗地斗法，娱乐场的生意照常运转。所以一般的员工感觉不到他们的角力也很正常。

根据金卓波老人的回忆，何鸿燊在那个年代，属于新潮人士——金老伯的记忆力几乎是不容置疑的。他自述在赌场做荷官，最锻炼的就是脑子。他还记得1964年澳门娱乐公司公开招聘的时候，他参加了入职考试，竞争并不激烈，十个人取一个。不是因为这个职位不吸引人，而是因为何老板要求应聘者必须有高中学历。在当时的澳门，高中学历已经成为一道相当高的门槛。而考试以及录取之后的培训，除了训练发牌、收筹码等标准动作之外，更重要的是心算的能力。如今金卓波已经82岁，可是面对65乘以2018等于几这样的数学题，他依然可以脱口而出。他回忆说，当年何鸿燊拿下赌牌之后，当局政府曾经咨询过落败的傅家，如果他们愿意以何鸿燊的价格来经营，当局仍然会优先考虑他们。而几经考虑之后，傅家放弃了，“因为他们认为这个价格做不到”。

可是，澳娱不仅做到了，还把整个行业做大了。

金卓波的个人说法反映了多少当时的真实暂且不论，澳娱改变了澳门博彩业，则是毋庸置疑的事实。在澳娱之前，澳门赌场盛行的还是传统中国赌术，而何鸿燊，引入了西方的博彩项目，比如百家乐和二十一点。也是何鸿燊，大量起用青年人和土生葡人，像金卓波那样刚刚高中毕业的年轻人，进入澳娱之后一个月的工资就有600块，而当时澳门普通人一个月的收入，不过一两百元。“当然啦，那时候澳门什么都没有，大家成天靠糊火柴盒、做猪肉干为生，普通打工哪赚得了这么多钱！”

更重要的一项革新是，何鸿燊采用了分租赌厅、创办赌团的管理方法，在赌场里开设若干赌厅和赌档，分租出去交他人经营，娱乐公司根据各厅“转码”多少，即收益多少，按一定的比例抽取佣金。这种方法一直延续至今。

想想也很神奇，在离珠海几百米开外，一个中葡混血儿何鸿燊开始了其他人很难想象的澳娱长达半个世纪的对澳门博彩业的垄断，从此，这个人和这座城，高度地融合在一起。他被称为无冕澳督，大权在握。他和他第一任太太黎婉华的居所，就在澳督府后的山腰上，步行五分钟的距离。这座小小的院子成为去澳门旅游的人必去的场所之一。游览过澳督府，顺着带着浓郁南欧风情的粉红色围墙往山上走，隔着铁门，你可以看到静静的院子和低垂的窗帘，这个时候，你会毫不犹豫地想象，或许刚刚走过的这条路线，年轻的何鸿燊曾经无数次地走过，他从家里出来，顺着围墙，走进澳督府。“很多生意大概就是这样谈成的吧。”你肯定会这样想。

或许是的，因为正是从何鸿燊开始，澳门赌牌的竞投期限被不需要理由地延长到了25年，四分之一个世纪这样的长度。于是，这位无冕澳督的任期，长过任何一个葡萄牙女王任命的总督的任期，以至于在有些海外人士的文章之中，索性就称他为“澳门皇帝”。

不过，澳门本地人谈起何鸿燊，却似乎没有我们想象中对“皇帝”那样的神秘和敬畏，事实上，更多时候他们都叫他“何生”，语气熟稔得仿佛只是自家隔壁的那个张生、李生一般。可是就是这位何生，掌握着一座城市的经济命脉，让整座城市三分之一的人直接或者间接地为他打工，或者换句话说，直接或间接地受益于他的公司。

据说，全世界博彩业的从业者的工资待遇，都会高于该城市的平均水平，对于这一点，在澳门，有格外明显的体现。曾经澳门人可以分为两类：一类是澳娱公司员工，一类不是。在很长的一段时间里，穿着澳娱的工作制服去赴宴喝喜酒，是澳娱女员工的骄傲，可是如果她们不小心穿着工作制服去菜市场买菜，那天她们买到的菜价格就会比平常贵一些，而且还没有资格讨价还价，因为卖菜的人会带着复杂的感情对她说："都赚那么多了，还跟我们计较这点钱干什么？"

当然，随着岁月的流逝，积累速度更快的是何鸿燊的财富。虽然关于他的个人财富的数字有好几个版本，但是可以统计的数据是：如今他一个人控制着超过5 000亿港元的资产，个人名下直接的财富至少超过300亿港元。

1997年5月7日，93岁的叶汉去世，76岁的何鸿燊前往吊唁。不知道阴阳相隔的昔日盟友、对手之间的恩怨能否在这一拜之后一笔勾销。

2000年，世纪之交的时刻，老朋友何贤的儿子——刚刚上任的行政长官何厚铧做出了40年来的大举动。他宣布澳门政府决定开放赌权，改革博彩业，增发新的牌照。如此一来，国外的赌场大鳄都笑了，终于可以进入东方市场了，而垄断澳门博彩业40年的何鸿燊也只能强颜欢笑，连说"欢迎竞争"。

赌王的反应还真应了共事多年的老友霍英东对他的评价——"不肯认输"。霍英东就曾经讲过何鸿燊极爱面子，明明做错了也不会承认的。比方说两个人下棋，明眼人都能看出何鸿燊某一局

“必死无疑”，他从来不会主动认输，然后再来一局。他最通常的做法是干坐着耗时间，手里拿着棋子就是不往棋盘上落，还要装出思考的样子。老朋友们都耗不过他，只好以“船要开了”“吃中饭了”这些借口来结束一盘棋局。这样何鸿燊就会很满足，说自己根本没有输过。这种“永不服输”的性格在创业初期是成功的要素，在成名之后就成了一种负担。

几年之间，拉斯维加斯的“赌场之父”史蒂芬·永利来了，他拿到了一张赌牌，将永利度假村开到了澳门。“威尼斯人”的当家人谢尔登·阿德尔森也来了，他会同香港嘉华国际的大佬吕志和一同拿到了赌牌，成立了“银河娱乐场股份有限公司”。之后，“银河”的赌牌一分为二，分出了“威尼斯人”控股的金沙赌场，分走了何鸿燊的葡京赌场不少客源。金沙集团的威廉·怀德还暗讽何鸿燊“竞争无可避免，淘汰无可厚非”。不过纵横濠江几十年的正牌“赌王”可不怕这个，何鸿燊信心十足，“四十几年来，未曾想过一句淘汰”。

话虽如此，但从葡京赌场一家独大到如今的三分天下，何鸿燊还需打起十二分精神，迎头作战才是。

金卓波对于今昔两种赌场的风格最有发言权。

他说，虽然四五十年前，他就被公司训练到心算能力超强，发牌手法一流，可是除了工作之外，根本不可能自己进赌场去碰运气，“那时候澳门就我们一家公司，去哪里玩？去哪里都是跟同事玩啊！”

至于电影里常有的出老千或者输到精光斩手臂下来赌命的情形，在澳门的何鸿燊岁月之中，金卓波说从来没见过。他印象最深的就是有一次“追老千追到下海”，可是就在我们想象那个场面的时候，他却淡淡地说，不过是赌场怀疑某洋人出千，在他离开后派了两个人跟踪他，一直跟到上船。最后在他们的行李中搜出了动了手脚的骰子。

他对此事说得轻描淡写，丝毫没有惊心动魄的感觉。作为一个在葡京工作了45年的老员工，说起他的荷官生涯，也就是这样轻描淡写。每天在人声嘈杂的赌场里坐着，看日本人来过，看韩国人来过，最后看到讲普通话的大陆人成群结队地来——“其实也不能说哪个地方的人出手最豪，都有，什么性格的都有，看了几十年，都习惯了。”

不过，澳门并非一帆风顺，其中也有一些跌宕起伏之处，值得专门书写一笔。1998年5月，一出港产片《濠江风云》在港澳地区推出。

这部电影粗糙的剧情和紊乱的导演风格，令人啼笑皆非。原来这部浓墨重彩讴歌澳门黑帮人物“巨哥”的电影的投资者，竟然就是这位“巨哥”的原型——澳门黑帮本土新晋老大“崩牙驹”，即尹国驹。这部当时投资1 400万港元的电影，在港澳的非主流社会群体之中，有一个更加直接的名字叫《驹哥传》。影片中男主角任达华饰演的“义薄云天”“慷慨悲情”的高大全角色就是“崩牙驹”本人。

影片通过一个女记者的见闻，讲述了尹本人如何从一个黑社会“14K”党羽成为黑社会老大的经历，充满暴力情节。当年5月，即尹国驹被澳门警方拘捕5天之后，该片在香港首映，但终被香港和澳门当局禁映。香港最大的电视台因为播出尹国驹专访，也被港府有关部门罚款10万港元，并向观众道歉。而在上半年，这位尹先生更接受美国《时代》周刊专访，毫不掩饰自己在澳门的势力和手腕，令海内外的中产阶级读者大为吃惊。

《濠江风云》开场有一幕惊悚的戏：几个黑西装男人坐在小轿车里面，缓缓开到一家酒店门前，然后突然拿出冲锋枪，隔着大门疯狂扫射酒店的大堂。镜头中，子弹和玻璃碎片横飞，多人纷纷倒下，大堂里面一片血腥。

当年，扫射酒店大门确有其事。光天化日之下开枪固然震撼，不过当时只有两名客人和一名保安被玻璃碎片轻微划伤，实际造成的伤害并非那么大。对于枪击案和《濠江风云》里面的黑社会当街互相追砍，澳门人说起来却超乎寻常的淡定。其实本地人对于黑社会的事情，并不是很吃惊，也没有觉得有多危险。冤有头、债有主，澳门的有势力人士，一般很少牵涉到无辜平民，他们更多是相互之间为了地盘和利益搏杀。后来，尹国驹被绳之以法，澳门司法得到捍卫，澳门也在1999年顺利回归祖国。

和大多数澳门人一样，金卓波也会对过去的岁月有些怀念，“那时候我们和客人之间的关系比现在亲近多啦。有时候我们会替客人下注，看到熟客来，还会告诉他们，今天哪张台特别猛，千万别去，哪张台比较旺，能赚钱。现在啊——”他摇摇头，略带一点遗憾地说，“如今的外资赌场管理比以前严多了，连跟客人说话开玩笑都不允许咯。”

事实上，在到澳门旅游的游客的描述中，澳门本地人是一群没有太多欲望、甘于平淡、选择无忧无虑地生活的人。他们的这种生活态度，又在某种程度上，在半个世纪之中，得到了“澳门一哥”何鸿燊的“纵容”。作为澳门最大的雇主，何鸿燊据说是一个极其心软，极其有“人情味”的老板，在澳娱将近50年的历史上，他没有因为小错开除过任何一个员工，除非他触犯了法律。最极端的例子是，有一个员工一年迟到了300多天，何鸿燊却只是说：“扣工资，还有，让他下次早点到啦。”在澳娱曾经是没有退休制度的，何鸿燊对员工表示，他们可以做到自己不想做的那一天，只要有一天想做，就可以做。于是有人在中风了之后，每天由同事抬到赌桌上去开工，何老板知道了也没说什么，照样给他发工资……

澳娱的员工说何鸿燊之所以这么做，是因为赌场的工作性质有点特殊，某种程度上是和社会脱节的。一个人在赌场工作10年之后，也就基本上失去了重新适应社会的能力，再说，如果被澳娱开除，他在澳门还能找到其他什么工作机会吗？于是何鸿燊就几乎不可思议地决定，不开除、不解聘员工，甚至当员工实在老得不能动了，他还允许他们以一个自己认为合理的价格，出售自己在赌场的工作位置——这个价格通常在10万澳门元以上。

这是一个很感人的故事，何鸿燊就这样带着他的数以千计的员工们，一起慢慢地变老。虽然澳门政府非常人性化地决定，在永利和金沙位于澳门的新赌场建设完成并开业之前，澳门原有的11家赌场依然由澳博经营。可是很不幸，接下来的2003年，SARS风暴席卷全球。澳门其实已经很幸运，据说全城没有一例感染病例，可是这一奇迹并不能带来游客。在那段时间里，邻近重灾区香港的澳门的旅客数量大跌。几乎每家赌场都是空空荡荡，每一张牌桌后面都坐着一个百无聊赖的荷官。

何鸿燊的“人情味”在那一年依然发挥着作用，尽管生意一落千丈，他依然没有裁掉一个员工，甚至还有一个说法是没有给员工减薪。他们就这样“众志成城”地挺过了2003年。到2004年，大陆开放自由行，香港和澳门的旅游业的好日子来了，赌场再次客似云来。

得到领导认可最重要

曾几何时，大家在看报纸时常常会见到“亚洲四大赌王”的称呼，何鸿燊和叶汉就占据了两个席位，还有两个人就是马来西亚的林梧桐以及韩国的田乐园。这四个人可谓是亚洲博彩圈食物链的最高端，而今遍布整个亚洲的主要赌场与他们都有着千丝万缕的联系。这“四大赌王”之间也不是老死不相往来，撇开何鸿燊和叶汉有过多年的交往不说，就是远一点的林梧桐和田乐园也都没有各自为战，与何鸿燊始终保持“神交”。

林梧桐虽然扬名于马来西亚，但他是地道的福建人。据说他的父亲听到他出生的消息时正在麻将桌上酣战，随口就说了一张麻将牌的名字“五通”。等到林梧桐发迹之后嫌父亲取的名字过于“草根”，就请人改为比较诗意的“林梧桐”了。

林梧桐不到20岁就只身下南洋谋生。他初到马来西亚的时候，只是做一些茶叶、万金油之类的小生意，后来改行做废铁和五金。二战结束，日军撤出吉隆坡之后，林梧桐迎来了事业的转机。

他明白马来西亚一定会重建，而城建必然会用到大量的起重机、推土机、搅拌机等重型机械设备。林梧桐是有心人，他早就瞅准了英军有这些机械，于是抓住机会四处收购外流到民间的重型机械，翻新之后再高价卖给重新开张的锡矿、橡胶园，生意不好才怪。

一家铁矿公司曾向林梧桐购买了两辆车，但资金一时周转不开，于是将车资折为股份，邀请他入股，这样，林梧桐就成了一家铁矿公司的大股东。也是苍天有眼，这座铁矿储备甚丰，盈利逐渐翻番，林梧桐就好比得到了一只下金蛋的母鸡，等着挎着篮子捡鸡蛋就行。

不过这些都是小菜一碟，林梧桐做得最精彩的一件事，就是把马来西亚的一座高山开发为世界级的旅游胜地——云顶游乐园。这才是他扬名立万、身家暴涨的关键一役。

既然要做成世界顶级的游乐园，那么将赌博业纳入其中就是必需的了。为此，林梧桐还专门到澳门拜会过何鸿燊。据说，何鸿燊对前来洽谈合作意向的林梧桐没有明确表态，只是笑笑就进入下一话题。因为那个时候林梧桐要开赌场还只是个设想，赌场执照还没拿到手呢。

林梧桐在马来西亚的影响力是靠多年的打拼积累出来的，与上层社会的关系也是非同一般。他在何鸿燊处没有谈成合作的事情，回来后马上着手申请“赌牌”。开办云顶游乐园最初得到了马来西亚首任首相东姑阿都拉曼的支持，索性他就“一事不烦二主”，营业执照的事情也委托东姑办理。从递交申请到获批，只用了6个小时，马来政府的工作效率还真不是盖的。他很快就拿到了马来西亚当时唯一的一张赌场执照，然后再次找到何鸿燊，后者闻知也不得不佩服，直言:“你是全世界取得类似牌照最快的人！”

有了云顶游乐场，林梧桐食髓知味，找到了感觉，于是他又花巨资购买了18艘豪华游轮，在公海开设赌局，算是扩大规模。

当然，博彩业对林老板来说只算是做品牌的项目。林梧桐还在该国拥有上万公顷的橡胶、可可树种植园，在澳洲、巴哈马也大手笔购入一些娱乐场和景区，坐拥价值300亿美元的资产，比何鸿燊还要财大气粗。

“亚洲四大赌王”中华人占了四分之三，剩下一个田乐园，虽然有个很中国化的名字，但他却是不折不扣的韩国人。田乐园在1967年拿到了韩国的第一张赌博执照，开设了韩国历史上第一家正式挂牌的赌场。开赌场会让人上瘾，几年工夫，田乐园就把赌场开到了韩国所有的“大城市”。当然，人家的“大”是相对于自己国家而言。

有人会问韩国不是禁赌吗？田乐园在那里开赌场怎么可能有市场？原来人家早就向政府承诺了，赌场禁止本国人进入，只供外国人娱乐。这让人不禁想起葬送了大清朝的鸦片，英国东印度公司让孟加拉国的农民大面积种植这种祸国殃民的玩意儿，炼制好了再高价卖给中国人。说白了，赌场摆出来的态度就是我们只赢外国人的钱，不赚韩国人的钱。笔者在2007年出访韩国，看到当地赌场对这个规定执行得相当坚决，还算不错。

1988年，韩国首尔承办了第24届奥运会，一曲《手拉手》唱响了全世界。不为世人熟知的是，田乐园为首尔申奥立下了汗马功劳。因为这位韩国“赌王”不光在本国开赌场，他还把赌场开到了非洲大陆上，连奥巴马的乡亲都不放过。由于与非洲多国有生意来往，田乐园在韩国申办奥运会期间使出浑身解数，让这些国家帮忙投赞成票，完成了政府赋予的政治任务。为此，韩国政府还向他颁发了“社会发展有功国民勋章”。

有意思的是，田乐园和林梧桐一样在开设第一家赌场之前，也曾到过澳门向何鸿燊取经，后来还邀请何鸿燊入股，但是何没有答应。估计何老板因为遇到过伊朗风云，所以对于政治形势复杂的地区敬而远之。这是明智的，还是在自己能够驾驭的圈子里面混比较舒服。不远几千里投资，对方高兴时候是兄弟、老友，有啥风吹草动就成了路人乃至敌人。想想《教父》系列电影里面也有这样的情节，小教父到了古巴哈瓦那本来想投资赌场，结果也是一夜之间变色，仓皇出逃，保住性命。何老板肯定是吸取了教训。

论到财富积累的业绩，田乐园和林梧桐都比何鸿燊要胜出一筹。但是马来西亚和韩国都不会把博彩业当作支柱产业，所以这两位“赌王”的光环比起澳门的“米饭班主”何鸿燊来说要暗淡一些。

在何鸿燊的众多头衔中，与大陆联系最为密切的莫过于全国政协常委的身份。此外，他还是香港首届特首推选委员会和澳门筹委会的委员。

何鸿燊亲自参与了香港回归和澳门回归的事务，并对很多老朋友说，他最喜欢政府送给他的“爱国资本家”这顶帽子。

澳门回归前夕，何鸿燊曾作为澳门筹委会的副主任委员到人民大会堂开会时还闹了个笑话。当时听见主持人在上面说到“各位同志”的时候，他被吓了一跳，对同来的人说：“我是资本家，这里称呼我为同志，是不是要分我的家产啊？”

他参加过北京的阅兵式，见到过邓小平。当时他打招呼说“邓大人好”，邓小平的回答是“恭喜发财”。何鸿燊琢磨出邓小平的弦外之音，既然邓大人希望我发财，那就是说不论是香港回归还是澳门回归，自己的生意都是可以照做不误的。

这人吧，一旦有了足够的钱财，就容易对艺术品收藏产生兴趣。说他是附庸风雅也好，品味高雅也罢，反正拍卖行和艺术家们最喜欢有这类嗜好的有钱人。

听说王中军和刘益谦都喜欢收藏油画，在自己的豪宅里挂满了现当代的油画名品。陈丽华喜欢紫檀，斥巨资打造了一座紫檀博物馆。何鸿燊也高价竞拍艺术品，不过显然他做得更漂亮一些——将天价买到的圆明园铜猪首、铜马首又无偿捐赠给国家，赢得了一片叫好之声。

2003年，国务院直管的中国保利集团接到了一项特殊的任务——抢救流失海外的部分圆明园国宝。集团的高层们马上开起了圆桌会议，商讨之后决定保利艺术博物馆可以先收回几件文物做榜样，然后把这个表现的机会让给港澳的一些大富豪。

于是，保利集团在花了一番心思搜集了牛首、虎首、猴首之后，找到了何鸿燊。当然，人家一开始并没有说想让你花钱帮着寻找国宝，而是以朋友的身份邀请何鸿燊到北京博物馆欣赏圆明园大水法的几只铜兽头。何鸿燊对这些文物很感兴趣，正看得过瘾时，朋友提出了一个不情之请。原来眼前的兽头都是被掠夺的国宝，几经转折才被高价收回来的。朋友的意思是你贵为澳门“赌王”，财大势大，是否可以帮忙寻找到其他几件失落的宝贝，凑齐这十二生肖。

何鸿燊一听就知道这哪里是请自己来欣赏文物，分明是来考验自己是否“爱国”了。他一想这个价格不贵，但是却是能赢得几亿人心的合算买卖，于是满口答应：“为国家做事情，没有问题！”就这样，何鸿燊算是接了招，花了600万人民币将一只铜猪首购回捐给了国家。文化部对何鸿燊大力表彰，同时给他留了第二次家庭作业。

“我们已经打听到铜马首的下落了，不知道何先生能否再次出手相助？”

何鸿燊很大方，表示：“好事做到底，铜马首包在我身上了。”

他可能没想到的是，几年间，中国概念走红，物价膨胀，这次不是区区600万人民币就能打发的了。时隔4年之后，他花费了6 910万港元才把铜马首买到手，然后赠给了国家，为两次考试交上了昂贵的答卷。

活到何鸿燊这个层次，金钱只是个数字罢了，有好的社会声誉、被政府授以“爱国”的称号才是真道理。

1984年，中英联合声明明确了香港一定要回归的前途之后，香港的超级大佬们信心不足，纷纷向海外发展，导致大量资金流出。是“投资”还是“走资”众说纷纭。除了和共产党关系亲密的霍英东岿然不动之外，其他人都没能绷住。李嘉诚、李兆基、郑裕彤等人就受到加拿大的热情欢迎，在加国搞得轰轰烈烈的。

何鸿燊也没有闲着，他也在1988年，小注怡情，投资了加拿大一家电脑公司。如果说经营赌场、酒店、地产公司是何鸿燊的强项，那么在电脑圈他可就是一只“菜鸟了”。结果就是陪人家玩了一场，毫无利润可言。除了电子产品之外，何鸿燊还在澳洲买商厦、温哥华盖酒店、美国买地皮、葡萄牙办航运、加拿大采石油……这些“投资”花去了他两成的积蓄，但回报却不怎么样。看来无论多么精明的商人，也不可能在所有陌生的圈子里都混得风生水起，用心打造好自己的核心圈子才是王道。

真到了1997年香港回归和1999年澳门回归，何鸿燊的表现在中央看来可圈可点。这样配合政府工作，赌王还真是“爱国的典范”。

博彩业的国际化PK

新的形势下，“做大哥很多年”的老一代的“赌王”们年岁渐大，在自己的地盘或多或少地接到了“小弟”或者其他“过江猛龙”的挑战。有了何鸿燊等前辈辉煌在前，亚洲博彩事业蓬勃兴起，对于有发财梦的政府和个人来说，不啻为新的商机。新一代的“赌王”们也许就在不远处“潜伏”，等待合适的机会浮出水面。

20世纪的80年代和90年代，在香港向金融中心狂飙突进的时候，澳门只是香港的一个后花园。香港人的俗语之中，常常用“去马交”“过大海”“和何生掰手腕”等词语来形容本地人去澳门的消遣行为。在香港当地的几大都市报之上，也常年辟有介绍澳门桑拿和夜总会的版面。

1990年，香港已经是声名远播的购物天堂了，澳门则不是。除了小型的超市、便利店外，在澳门见不到巨型的综合商城。所以后来百货公司新八佰伴开张的时候，一度成为澳门全城的焦点。在电视上的广告语是这样的：“未去过NEW YAOHAN，不算是去过购物天堂。”这家新八佰伴位于澳门商业大马路，商场有七层，第八层是FOOD COURT。商场面积自然没有北京的王府井或者西单大悦城那么庞大，整体还是欧洲小镇的定位。

赌场一开门，只要有人来玩，几乎是稳赚的生意。澳门娱乐公司的几千名荷官和赌客交手，他们只代表娱乐公司。而财力雄厚、年收入百亿元的娱乐公司是荷官的坚强后盾。即使是刚出茅庐的二十来岁的新荷官，只要按照规定每局正常运作，输赢都与自己无关，不用赔钱给公司，可以说是无牵无挂地与赌客周旋。相对地，不管是小玩家还是一注数十万的大客户，每一注输掉的都是自己的身家，不可能没有情绪，大起大落的血脉沸腾是常事。

老的葡京酒店——那座于20世纪70年代落成的鸟笼形状的建筑物，至今矗立在澳门新口岸区域最繁华的街头。赌场的一楼并没有太过奢华的装饰，只是摆设着一些何鸿燊自己的收藏品，赌场内也没有太多奢侈品商店，反而有西饼店、彩票投注站，还有一个价位并不算高的酒楼。对了，还有一个亚洲足球迷都听说过的著名足球“澳门盘”的柜台，大约只有四五个窗口，有几个年轻的女职员，规模看起来相当于内地一个中型的福利彩票投注站而已。赌场里最盛行的游戏还是百家乐，澳博的工作人员说，中国人最喜欢玩百家乐，那是一种真正属于赌博的快感，实际上也是赌客赢率最高的一种游戏，当然给赌场带来最大收益还是那些神秘的贵宾厅，其中每局的一注至少在百万港元以上。

金沙集团，包括后来开业的永利，这些国外博彩集团，尽管声称在经营上已经充分考虑了中国客户的需求，但他们的根本商业逻辑，依然是美国式的合家欢旅行思路——博彩只是这一次度假中的一环，而他们会准备许多其他的服务，以满足女士、老人和小孩的需求。

在金沙赌场开业前，澳门再一次出现了50年前澳博开业时候那种千人争抢一个职位的状况。家长们不让学生去考大学，中学里不仅学生流失，连老师也留不住。常常会出现一个班的学生和老师一起去争一个赌场职位的状况。见证奇迹的时刻到了。金沙赌场开业之后，客似云来，金沙中国仅用了8个月的时间，就收回了成本。于是再接再厉，又投资建设了带有3 000个房间的酒店与会议中心——澳门威尼斯人(Venetian Macao)，从而打造出了全世界最大的赌场，是为数不多的几个可以在室内乘坐贡多拉的地方之一。

永利也不甘示弱，在葡京赌场的对面，盖起了一座更加高档和豪华的赌场。从2005年开始到现在，澳门赌场从11家发展到36家，而整个行业的增长更是极其惊人。到2010年，澳门已经超过拉斯维加斯成为世界第一赌城，仅一年之间，就增长了近60%，达到235亿美元。而单月的博彩业收入，还在不断地被刷新。2011年春节期间，20摄氏度气温的澳门就云集了大批意料之外的闻人——来自北京的演艺界人物、来自深圳的私募基金经理与来自浙江的投资水电站的亲友团——当然，还有常来的山西煤老板以及内地的疑似上流社会人士。

这一切，当然和中国内地过去5年来爆热的经济发展有着极大的关系。当然这也极大地改变了澳门的社会和经济状况。很难想象，原先这个世界闻名的赌城、被人认为是财富之城的澳门，并没有大型的购物中心，也没有奢侈品店，澳门人和游客们要想买世界名牌，可能就得坐条何鸿燊所创办的信德集团的港澳码头渡轮，到香港这个世界著名的购物天堂去买。但是现在，威尼斯人地下那狭长的大运河购物街，汇聚了几乎所有你熟悉或者不熟悉的品牌，甚至吸引了很多本地人前来购物。更不用提那享誉世界的太阳马戏团，每日在威尼斯人赌场做着精彩绝伦的演出。而永利赌场吸引游客的方法，除了更加年轻漂亮的荷官之外，就是赌场大堂外的喷火、喷泉表演。

在外资赌场陆续开业之后，从香港出发去澳门的感觉，也在慢慢发生变化。

在香港上环，乘搭飞翼船去澳门的码头——位于何鸿燊家族控股的信德中心。而在信德中心的二楼、三楼，本来是售卖纪念品的柜台，不知道什么时候起，变成了一间间会员俱乐部接待室。当然，这并非是携程或者团购网等会员的俱乐部，而是接待去澳门各大赌场的贵宾厅。在金沙和永利两大美资赌业集团进驻之后，西式服务已经引入了长期充满家族色彩的澳门博彩业。在香港这边等船，已经有法国红酒和古巴雪茄提供。有家候船的贵宾厅之中，还有意大利裁缝店，让忙碌的赌客可以在坐船来回之余，见缝插针地量体裁衣。虽然一套手制西服至少是万元港币起价，但是对于那些动辄百万元购买筹码的顾客来说，这种花费只是九牛一毛。

资金实力雄厚的美资赌博公司开始充实机队、船队，增强配套服务力量。永利斥资逾2 000万美元购入两架双引擎直升机，作为接载豪客之用。2007年，威尼斯人集团则购入10艘高速客轮，以“金光喷射飞航”打破了何鸿燊的信德集团与港中旅旗下侨福船务有限公司合资的“喷射飞航”独家经营的港澳渡轮服务，并通过提供免费船票等优惠吸引赌客。面对对手的海陆空攻势，澳博母公司澳娱的全资航空公司Jet Asia则宣布购置7架飞机，抢夺制空权。

澳门码头出口外面，不同赌场的上百辆专线大巴川流不息。很多不同赌场的职员在热情地招徕客人，但是场面上还是比较斯文有礼，不至于像各地火车站的黑车司机那么喧宾夺主。这里赌场虽多，其实博彩执照只有三个，算上合作执照也就是六个，往往是好几家赌场背后的老板都是一个人。而且西式赌场的经营风格，强调营造合家欢的气氛，不仅仅是赌场要赚钱，酒店、饮食以及零售服务业，也都希望能够有足够的营业额，所以，一踏入澳门地面，旅客就已经感受到了宾至如归的氛围。

为了招徕赌客，各家赌场都花大价钱投资硬件建设。威尼斯人酒店内饰的金碧辉煌与客房的舒适服务，与任何一家国际知名的赌场酒店相比都不遑多让。不过，鲁庞智不太喜欢住在这里。威尼斯人酒店里有太多商务活动，人来人往，不太安静。有着人工天幕的大运河购物中心固然别具一格，350间品牌商店琳琅满目，但这些对于人到中年的鲁庞智来说已经缺乏吸引力。所以他更喜欢去的是永利酒店。那是一家以喷火、喷泉为标志的赌场酒店，其与葡京以及新葡京都只相隔一条马路，不过百米之遥。作为和澳门老牌赌场直接交火的外资赌场，永利的经营风格截然不同，有更为优雅的赌场环境——永利的荷官基本上都很年轻，其中的女生精心装扮，看上去至少气质很好。

事实上，对于各类赌场的常客、大客来说，此时赠送船票、免费食宿，已经没有足够的吸引力。几家大集团的赌厅，甚至直接签发现金券给赌客消费。大集团在澳门的场所很多，从桑拿到夜总会，现金券可以通用。可以说，六大公司下属的三十几家赌场数百个赌厅，其竞争已经到了贴身肉搏的阶段。

当然，美资赌业集团大兵压境后，也带来了前所未有的景气。50万常住人口的澳门，每年游客数量高达3 000万。也就是说，每个澳门人，平均每年要接待60名外地来客。

澳门有数以十万计的外来从业人员，有葡萄牙人、内地人，还有尼泊尔人、巴西人和菲律宾人。如今，越来越多的工作职位上出现了来自广西和福建的年轻人。

金沙、永利以及后来的米高梅，三家外资博彩集团在澳门大兴土木，投入重金，来势汹汹。何鸿燊提到这些外来者的时候，虽然客气但是颇为强硬，“有竞争总是好的，大家一起把这个行业做大嘛！”话虽平常，压力势必还是有的。

2007年2月，新葡京娱乐场落成开业。新葡京（GrandLisboa）位于澳门葡京路端，酒店正门向着嘉乐庇总督大桥（旧澳氹大桥），整个工程投资超过50亿澳门元，地盘面积约12 000平方米，建筑面积约135 000多平方米。第一期工程是蛋状钻石裙楼，面向葡京酒店，面积38 000平方米，地库1楼、地面、2~4楼主要是娱乐场及6间餐厅，地库还包括停车场，和葡京酒店以行人天桥及隧道连接，已于2007年2月11日开业，赌场暂设240张赌台及340台角子机。第二期是呈莲花状酒店大楼部分，落成后成为澳门除了观光塔之外最高的建筑物、最高的大厦、唯一的一间七星级标准的超五星级酒店。

整个大楼金碧辉煌，在澳门的任何一个地方都能望到这座外形独特的摩天大厦，其一面世就成为澳门新的地标性建筑。而坊间更对新葡京的外形有许多风水上的猜测，比如酒店外形有如火炬，寓意化解对面永利澳门之财气；赌场的门口是虎口的形状；赌场外围尖刀状装饰，寓意大杀三方；赌场内金钱状射灯，寓意金钱压顶；地毯的花纹是蜘蛛网，寓意天罗地网……

从这个角度看，无论是葡京还是新葡京，代表的仍然是典型的澳式娱乐场的文化和经营模式。在这栋外形摩登、设备一流的赌场内，百家乐依然是最受欢迎的游戏，贵宾厅还是吸金机器，晚间推出的钢管舞表演，也并不是那么老少咸宜。

更愿意接受西方那一套的，是何鸿燊的儿子何猷龙。他所掌管的新濠天地于2009年6月在澳门路氹城开幕，与金沙旗下的威尼斯人打对台。娱乐场内的装修和氛围，明显更加新潮和年轻化。使用最新光影技术打造的“天幕”表演，号称是全球唯一的4D影像动画，讲述了一个龙珠赐给五大龙王力量的故事。故事虽然简单，但效果却着实令人目眩神迷。投资十亿澳门元打造的大型综合表演“水舞间”，则直接叫板世界顶级的太阳马戏团，亦有不俗的表现。

2010年，澳门的博彩业增长超过58%，收入达到235亿美元，其中澳博仍占最大份额，贡献了超过三成的效益。不过金沙、永利两家的份额也在20%以上，三足鼎立的局势已然形成。当然，这个行业也的确被做到了足够大，大到像美高美这样的财团，为了保障在澳门的利益，宁可放弃自己在美国新泽西州的赌牌，来换取与赌王女儿何超琼的合作。而金沙和永利在澳门的收入，早已经远远超过它们在美国的收入。

面对这新来的洋人，何鸿燊家族显然还要应战多时。

亚洲赌场的新“金主”

其实除了赌场，赛狗也是澳门的传统博彩项目，早在1932年就开始营业了。中间停办了20多年，后由逸园赛狗公司接办，重新回到大众的视野。看看逸园赛狗场的大股东是谁，您就会明白赛狗在澳门绝对是上流人士喜爱的“高雅运动”。何贤，澳门首任行政长官何厚铧的父亲，澳门的教父级人物，是逸园最大的股东。何贤去世之后，逸园公司的股票由港澳财团何添、何鸿燊、郑裕彤承购，新董事局成员包括郑裕彤、于镜波、何婉琪等人。

小小的澳门凭借繁荣的博彩业，成为享誉国际的旅游观光娱乐城。相邻的国家和地区看见澳门政府年年从博彩业收取高额税金，个个都是心痒难耐。且不说稍远的马来西亚、印尼、菲律宾有国家经营的赌场，就连一向以贫穷保守示人的越南、老挝、柬埔寨甚至朝鲜都竞相开放赌权，想通过博彩业来拉动国内的经济增长。

尽管香港和澳门是近邻，但是相比较澳门全面开花的博彩业，在香港只有赌马是唯一合法的，也是规模最大、影响最深远、最大众化的赌博方式。在香港，赌马已经和生活融为一体，不管是巨富还是白领、平民，都会到马场上试试运气，感受这里疯狂呐喊、尽情释放的气氛。

据说，每三个香港人中就有一个是赌马迷，全香港的马迷不会少于200万人。这就难怪为什么全香港的报纸都会开辟马经专栏，还有一批专门靠“评马”吃饭的“马专家”。

曾有人这样形容说：“只要有成片的建筑，人们抬头就会发现熟悉的赛马会标志；只要打开电视和广播，就能找到关于赛马的信息；公园是赛马会修的，医院是赛马会建的，学校是赛马会资助的……”可见香港人与赛马的亲密程度。

现在赛马在香港是全民参与的娱乐活动不假，但在100多年前，是不准华人入会的。直到一战结束，赛马会才允许富有的华人成为会员和马主。赛马会的名字还一度叫作“英皇御准香港赛马会”，可见能够加入赛马会是很荣耀的一件事情。

香港会所众多，但赛马会无疑是最为尊贵的会所之一。因为不是每个人都可以入会的，每年的名额都很有限，不仅需要遴选会员推荐，自身也必须有一定的社会名望和财富才有可能入选。而且赛马会礼仪要求很高。举例而言，在赛马会餐厅吃饭的时候，是不能接听手机影响其他人的，否则会被职员礼貌地请出去。

中国台湾地区自马英九上台主政之后，也一直积极筹划在澎湖、金门等距离台湾主岛较远而近邻大陆的地区开放赌权，美其名曰“观光赌场”。可惜的是几次讨论或者全民公开投票都没能通过。不过当局很有“小强”精神，一直没有放弃努力，据说有望在未来两年内通过这一决议。美国几家财团和何鸿燊的“太子”何猷龙都曾考察过台湾的博彩市场，也都表示出了浓厚的投资兴趣。

有人替何鸿燊担忧，说台湾地区如果开赌的话，势必会影响澳门的生意。但何鸿燊经历了2000年澳门增发赌牌，引进拉斯维加斯的几个“赌场大鳄”之后，对台湾地区的“小打小闹”毫不在意，练就了“任他风吹浪打，我自岿然不动”的定力。

同属大中华区的新加坡向来标榜自己为“道德国家”，以制度保守和法律严格而闻名，但在巨大的经济利益面前也“芳心大动”，几次立法会议讨论之后同意放权，加入到亚洲博彩军团。期间，被称为“新加坡国父”的李光耀曾说过：“除非我死掉，否则别想在新加坡开赌场。”以此来表达反对赌场的坚定立场。但为了拯救日益萎缩的旅游观光业，新加坡政府只能无视所有反对的声浪，依然做出了“开赌”的决定。

当然了，为了照顾反对者的声音，政府还是规定：境外游客到赌场免收入场费，而本国居民想要进场的话，则要支付高额门票。新加坡总理李显龙——李光耀的儿子——就说了，澳门不是有“东方蒙特卡罗”之称吗，那我们新加坡要做“东方的摩洛哥”。

新加坡虽然是城市国家，但人家面积比20个澳门还是要大的。自从2005年开放赌权之后，仅仅6年，博彩业收入就超过韩国和澳大利亚，成为亚太地区第二大博彩市场。也有人做出大胆预计，认为新加坡两年之后还会超过拉斯维加斯，成为全球新的博彩中心。

新加坡的赌场开业时间晚，所以走的路线与早期澳门赌场的单一模式不一样。新加坡公开声明开设“集休闲、娱乐和购物中心于一体的综合型博彩业场所”，这是效法拉斯维加斯的现代赌场模式，搞增值服务。

日本的福岛县在遭遇了地震、海啸、核泄漏等天灾人祸之后，知道了吸引游客上岛难上加难。但人家“集思广益”，想到了“开赌”这一招。东京某荷官培训学校的校长说了：“博彩业有利于日本的灾后重建。”平时，日本的赌博爱好者们通常都是以游客的身份飞到澳门、新加坡等国际性的赌场“放松休闲”。如果国内也能有相同档次的赌博场所，不知道他们还会不会舍近求远。

取一张中国地图来看，我们的四邻几乎都开放了赌权，似乎张开一张大网一样等着中国的大鱼们。北边的蒙古、俄罗斯，东北部的朝鲜、韩国，东南方就不用说了，不管领土接不接壤，人家的赌场都轰轰烈烈地开起来了。而且中国周边的大部分国家还通过立法规定，不许本国人民进入赌场，只欢迎外国游客，隐含在后面的一句话想必是“尤其欢迎来自中国内地的游客”。

2011年9月，何鸿燊还没来得及庆祝自己的90岁大寿，就得到了家人们送上的一份“大礼”。四房的争产大战暂告一个段落，精明能干的四太梁安琪成为最大的赢家。何鸿燊在有生之年看到自己拼搏半生的澳娱股份有所安排，而四太则以60亿美元身家成为“新赌王”，他的博彩王国能够一代代传下去吗?

下　篇

如果说徐克是香港武侠电影界的领军人物，想必不会有人反对。他的资历摆在那里，他的作品摆在那里，三十年了，所有港产的经典功夫影片都绕不开他的名字。

徐克：一个人的电影工业

文/张海

徐克的江湖梦

细数徐克三十年来走过的光影之路，不难发现，他的众多作品中，武侠电影占有相当大的比重。尽管他也曾经尝试过拍时装片和喜剧片，但最让观众喜欢的、最能代表徐克风格的还是那些唯美、浪漫、奇诡的武侠动作片。

在他之前，在他之后，都不乏武侠题材的电影。但说到情节设置、人物刻画、动作表现，只有徐克才能这样匪夷所思，只有徐克才会时时给人全新的视觉冲击。如果没有对武侠痴迷到骨髓，他会这样一而再，再而三地选择武侠题材吗？来听听“徐老怪”怎样解释自己的武侠情怀吧。

中国的武侠故事更浪漫

我从小就喜欢看武侠小说，羡慕大侠们出神入化的功夫，也敬佩他们行侠仗义的气度。入行三十多年来，我一直对武侠电影情有独钟。虽然我自己不会功夫，但是不妨碍我对武术的浓厚兴趣。在我看来，武术不仅仅是强身健体的方式，也不单纯是民族精神，它还是一种很浪漫的东西，它容易激发人的想象力，尤其是在用电影的语言来表达武术的时候，就更加显示出武术的风貌与内涵。

我喜欢中华武术是因为它的博大精深，它适合被拍成电影来传播一种侠气、正义的精神。

我心中的行侠仗义，是一个人从“大我”出发，从公平、正义和同情心出发，产生出来的一种很极端的行为。拍摄武侠电影对我来说，是一种处理感情的方式，在武侠世界里，我可以尽情发挥对人生或者生活的浪漫情绪以及幻想。

美国也有动作片，但那种实用的格斗技巧与中国武术相比没那么优美、那么舒展。美国的历史只有几百年，而中国有五千年的文明。相比之下，中国古代的侠客故事有更多值得发掘的地方。尤其是中国改朝换代比较多，不同的政治背景下不同的故事情节也会更加曲折离奇，引人入胜。

“江湖无处不在，有人就有江湖。”我认为这句话说得并不夸张，电影里的江湖其实就是现实生活的反映。只不过在电影当中，我们可以让角色在大漠斜阳下仗剑骑马，很潇洒，生活中却是乘公交、挤地铁，很难产生浪漫的感觉。

拍电影不是为了拿奖

我只拍自己喜欢的东西，从来不会因为拿不拿奖而去费心思。有人告诉我，从来没有一部武侠电影可以得到奥斯卡奖的奖杯，但我认为一部影片的好坏不能以得到多少电影节的奖杯为衡量标准。尤其是中国武术里面有一种哲学理念，让外国人去理解这种神奇的东西是很难为他们的。不懂中国的文化，就不能理解武侠的内涵，但武术作为一种外在的表现形式，确实可以让更多的外国人对中国感兴趣，对中国的文化感兴趣。

我始终相信，如果有充足的资金保证，有好的剧本，武侠片也可以拍出好莱坞大片的效果。武术运用的范围很广，可以言情，可以魔幻，可以夸张，还可以表达重要的历史事件。

我现在遇到的难题是香港的投资方喜欢跟风，什么流行就拍什么。谁正当红，就用谁来当主演，不太考虑剧本原创性的东西。盲目跟风只会人为地缩小拍摄范围、缩小电影市场，从而失去电影广阔的发展空间。比如，2002年刘伟强导演的《无间道》很受欢迎，很卖座，马上就有很多人站出来，要拍同样题材的戏，就是因为模仿永远要比创新更容易。但我喜欢冒险，哪怕票房不好，哪怕成本收不回来，我也要尝试新的东西。

“鬼才”电影人

一千多年前的大唐，一派文化鼎盛的雍容气象。你可记得在“诗仙”“诗圣”之后还有一个惊才绝艳的李贺。因为他大胆、诡异的想象力，构造出波谲云诡、迷离惝恍的艺术境界，而被人称为诗人中的“鬼才”。一千多年后的香港影坛，也出现了这样一位有着让世人惊艳的才情，同时又让人捉摸不透的“鬼才”电影人，他就是徐克。

三十年前，徐克是香港电影“新浪潮”的参与者。二十年前，徐克是新武侠电影的缔造者。如今，中国电影克服在3D技术上的不足，也只有寄希望于徐克。

兴趣成就梦想

我小时候有两个爱好：一个是看武侠小说，还有一个爱好是画画。没想到长大后这两个爱好都成为我事业上的助力。记忆中的武侠印象对我拍电影有很大的启发，绘画则落实到了具体工作上，每当拍电影的分镜头、特技等时，都是我出的画稿给别人，让专业人士照着我画的样子来制作。

很多人都不知道我还导演过动画片，而且里面有一部分动画形象就是我自己画的。记得小时候，有一次动画电影《白雪公主》在戏院里面上映。我的同学们都去看了，我就找妈妈去，告诉她我特别想去看一下动画电影是怎么回事。妈妈就带我去了，但刚到戏院的大堂就带着我返回来了。

回到家，她气呼呼地教训我：“这种电影怎么看！你看公主穿得那么暴露，那么低胸，还接吻，小孩子不应该看那种电影。”就这样我没有看成《白雪公主》。后来到了大学，离开妈妈身边，我才敢去看。

我很喜欢看到银幕上出现能动的图画，觉得动画是一项很神奇的发明。我当时有个愿望，就是世界上的所有人都变成动画里的人物就好了。我有一幅珍藏的画，是我十三岁的时候画的《孙子兵法》里面的故事，孙子和他的师兄拜鬼谷子为师的画面。

让现实变成动画的梦想没有实现，但是我到美国念书却成全了我后来的电影之梦。回到香港以后，我以为需要等上很长的时间才能实现自己的电影人之梦，但是没想到上天很快就给了我一个机会，我被著名的独立制作人吴思远先生指定拍摄一部古装剧《蝶变》。

从导演第一部电影《蝶变》到现在，我没有数过自己到底拍了多少部影片。我知道金庸大侠在封笔之后，将自己的十四部小说的名字做成了一副对联：“飞雪连天射白鹿，笑书神侠倚碧鸳。”其中每一个字代表一本书的名字。

后来听说也有高人把我拍过的电影的名字编成了一首打油诗：“夜色险、宴席香、倩子蛇针寺起网，蜀地中、黑道上、人鬼仙妖雷打梁，风流门、歌传堂、英雄魂警令侠道，笑东风、花满城、青火龙蝶我最王。”很感谢这位热心的观众，能用这样别具一格的方式来总结我拍过的电影，可惜的是这首诗可能是前几年写的，没有包括我最近几年的作品。

疯狂的导演

我这个人，一有什么想法就会马上付诸行动，所以在旁人眼里，我是有点“怪”、有点“疯狂”的。

2008年，我拍了一部与平时风格不大一样的作品，叫《深海寻人》。拍这部电影的初衷是因为很多年以前，我看过一部关于海底的纪录片，当时就被震撼了。我没想到，那么深的海底会有一座庞大的古城。我就想，这座城堡里面一定发生过很多故事吧，如果我能把发生在深海的故事拍成电影会是什么样子呢？在看这部纪录片之前，我对潜水不感兴趣，但自从我构思了这个关于深海的故事之后，我就非常渴望潜到海底去亲眼看一看，摸一摸。

在水下拍电影的难度很大，很多人都劝我不要亲自下水，用特技或者在海洋馆拍一拍也就行了。但是，我就是执意要到现场去拍，我要那种真实感。演员们也都被我赶下海，我不让他们用替身，就是要那种真人来演的感觉，跟我拍这部片子的演员们都吃了不少苦头。

因为自己的一个想法，就折腾那么多钱、那么多人来拍摄一部有可能票房失败的新题材的电影，人家觉得我是个“疯狂的导演”，这一点都不奇怪。有时候，我会一年之内拍六部电影，但也有些时候，一部电影我都要酝酿四五年。

跟我拍过戏的演员们给我取了一个外号叫“徐不睡”，意思是我只要到了片场就精神抖擞，可以二十四小时连轴转，可以不睡觉。拍戏是我毕生最大的爱好，所以只要在片场，我总是精力十足。

其实，我之所以经常戴着一副墨镜，其中的一个好处就是坐着睡觉的时候他们看不出来，以为我还醒着。或者我明明是醒着的，但装作睡着了，这样就可以听到很多醒着的时候听不到的真话。

新瓶装旧酒

我当监制的几部戏都是翻拍作品，《英雄本色》《倩女幽魂》都是改编的，所以我太太施南生说我有一种本事，就是“新瓶装旧酒”。

在20世纪80年代初期我就说过，我想把自己童年时很喜欢看的电影都收集起来，存到我的档案里面。在收集的过程中，我发觉很多老电影即使拿到现在看也不会觉得过时。可是这些电影已经不再发行了，不是那么容易看到了。我觉得很可惜，就很想把自己对那些电影的感悟在银幕上再现。

比如，我拍过的《倩女幽魂》《黄飞鸿》以及《新龙门客栈》等都是前人拍过的题材。我很喜欢这些故事，就想把它们一一翻拍。我拍的时候，虽然还是沿用了故事本来的名字，但是在内容尤其是风格上都做了比较大的改动。

邵氏出品的《倩女幽魂》以前就很红，当时李翰祥为这部电影花尽了心思，服装、道具都是精益求精，还带着《倩女幽魂》参加过法国的“坎城影展”。所以朋友们听说我要翻拍的时候都说我疯了，不过看到王祖贤和张国荣深情演绎出的人鬼情未了，大家也认可了。

“新瓶装旧酒”还有一个好处就是会引发观众对“旧酒”的怀念，一高兴就把早期的版本翻出来对比着看，让我和原来的导演同时被人记得，也算是一举两得了。

不给导演压力的监制

很多人都知道“监制”是电影行业的一个工种，在片头或片尾的字幕上每次都会有“监制”两个字出现，但是很少人能说出监制具体是负责什么工作的。在大家的印象中，导演、音乐、化妆、道具等职务都是很具体和清晰的，但是对监制的认识就比较模糊了。

监制其实是一部电影拍摄时的核心角色，他负责电影的日常运作与策划。大家不要把监制与制片人弄混了，制片人是投资人，也叫出品人，他们不管具体拍摄，而监制要管，需要清楚地知道具体的拍摄计划，对什么时候开机、什么时候杀青、拍摄进度如何等都要做到心中有数。

另外，监制还要负责摄制组的支出总预算和后勤保障工作，他要代替投资人来监督导演的工作，还要帮助导演向投资人申请必要的资金。对导演来说，有一个人在时刻监视自己的工作，是一件很不爽的事情，所以监制和导演之间有一点分歧很正常。

很多人做监制做久了，会变成我前面提到的那种老是给导演压力的角色。他会让导演不舒服，觉得好像后面有一个人监视他，有一双眼睛看着他，常常挑他毛病。具体到我自己做监制时，可能会有些不一样。我不喜欢给导演压力，相反我希望能帮导演创造一个更好的拍摄条件，让导演能心无旁骛、更专心地拍电影。

比如，吴宇森导演拍摄《英雄本色》这部电影的时候，我就是监制。我就需要帮他一起找投资方、找演员、写剧本、找发行人。除此之外，我还要尽量帮助导演树立信心，以便他能更好地发挥。所以，有人把监制看作是一个联络官也未尝不可。

我觉得，监制其实完全可以让导演很舒服，把导演想做的事情发挥出来。甚至有时候，我觉得这部分工作才是自己的强项。比如，程小东拍《倩女幽魂》的时候，当时他很怕拍爱情题材，因为他曾经拍过一些爱情题材的故事，可是效果没有预想中好，使他对爱情题材有点质疑。当时，我就鼓励他，让他尽力把《倩女幽魂》中爱情的比重放大。后来，在戏里面出现很多很感人的场面，观众也都认可了程小东的这种感染力和他的这种浪漫。

具体到画面处理上，那是导演分内的事情，我作为监制就不会插手太多。但是我会站在旁观者的角度，提出自己的看法，供他参考。比如，导演有时候会受到某种条件的限制，对事物的看法会有一些偏差。就像拳手打拳一样，他习惯了用左手打拳，未必知道原来他的右拳也很强。而我就可以告诉他："你出多点右拳，右拳很有力的。"

说3D电影

几年前拍摄《狄仁杰之通天帝国》的时候，我打算运用3D技术，后来因为技术人才和专业器材没有及时到位才放弃。后来，我非常重视《龙门飞甲》的拍摄，希望能告诉世人，华语影片也可以出现3D大片。

我发现香港和台湾所谓的立体电影都是错的。他们拍出来的立体电影会让观众看得头晕，就连他们自己也是晕头转向的。他们并没有搞懂什么叫立体电影，有很多器材公司把最基本的理论都搞错了。最好笑的是香港有一些自称3D电影的"专家"大声疾呼他们根本没有错。

我和我的拍摄团队在一起研究为什么国内拍不出真正的3D电影，结论是之前做尝试的人们前期工作没有做好，就开工了。这好比有人急着过河，可是他们连码头在哪里都没有搞清楚，就急匆匆上船了，这样怎么能到达对岸呢？

我认为3D技术是高清、双镜头、动作、剪辑和后期调焦，“角度”和“平行”的拍摄方法都是要用上的，对拍摄器材的要求也很高。

加入3D技术之后，武侠电影与以往最大的不同就是呈现出一种空间感，每个人物的武打动作都要从空间中找到着力点。拍《龙门飞甲》，我是下了血本的，我不怕输，我只想填补国产电影的空白。不过，与李连杰这样的老搭档合作，我还是比较放心票房的。而且，有了这次的拍摄经验，以后我们就不怕技术层面的难题了。

“徐老怪”的“大腕”朋友们

“大腕”是圈外人对影视圈比较成功的导演、演员的一种叫法。但是对于圈内的人来说，彼此都是合作关系，更近一点的甚至是朋友关系。作为笑傲江湖三十年的大导演，徐克当然有很多的明星朋友。不过在这些朋友的眼中，恐怕他才是真正的“大腕”。

他和音乐才子黄霑的友情让人在捧腹之余更多的是感动，两个天才碰撞出多少经典的歌曲，让江湖儿女一唱再唱。周润发、李连杰、林青霞、张曼玉等俊男美女们无一不是娱乐圈的实力派，他们又都在徐克麾下塑造了各自的经典银幕造型。徐克说："如果非要让我在合作过的演员中选出一个最棒的人，我只能说对不起，这个问题我答不出来。这个问题等于是要用同一个条件同一个角度看不同的人，这个太难了，因为每个人都有他的特点。"

音乐大师黄霑

大家都知道已经辞世的黄霑是我的至交好友，我们合作了很多年，一同经历过很多有意思的事情。

我们两个第一次合作是拍《上海之夜》。之前我偶尔听到他写的歌，很是喜欢，就主动打电话给他，说："黄先生，我们可不可以合作？你能为我的电影写一首主题曲吗？"

他很认真，一下子写了四首给我。关于这件事情，还有一个小故事。当时是凌晨两点过，黄霑突然给我打电话，要我过去选曲。我一听，这家伙不止写了一首歌啊，还有的可选？我就去了。到了凌晨四点左右，我们定下了《晚风》作为电影的主题曲。我说词曲出来了，如果有一架钢琴试试音就好了。他点头称是，就打电话给戴乐民，想让他过来弹钢琴。可是戴乐民还在录音，出不来，我们俩就驾车到他家去。弹琴到了六点钟，我们就想再找一个人来演唱，就给电影的女主角叶倩文打电话，让她来试唱。叶倩文当时刚收工，正想好好睡一觉呢，结果被我们叫了起来。结果这首歌就是这样不可思议地出炉了。

后来，我和黄霑一直合作，他为我拍的很多电影都制作了配乐。我们两个在一起时，我总是欺负他。有时候，晚上一起喝酒，他把写好的歌给我看，我就说："很好很好。"等到第二天酒醒了，我就会跑到他家里对他说："我昨天醉酒的话不算数，那首歌还是再推敲推敲比较好。"所以，很多大家喜欢的主题曲都是在我的不断"蹂躏"之下，才被他创作出来的。

我自己在音乐方面并没有什么造诣，只是喜欢而已，所以在这方面我做得更多的是给黄霑提意见，不断逼着他修改，改到我满意为止。在我眼中，黄霑是一个很狂野、很率性而为的人。

当然，他也很有才华，要不然他也不会和金庸、倪匡、蔡澜并称为"香江四大才子"了。他的狂放体现在随时随地都是真实的自己，从来不表演、不做作。他可以在很高级的餐厅吃饭，然后用蜡烛在餐布上写字，写着写着就把人家桌子烧着了。他还可以买上一瓶很贵的威士忌，走到街角之后，就洒在地上，为了祭奠某一个逝去的朋友。

大家都很熟悉的《笑傲江湖》的主题曲《沧海一声笑》就是黄霑在我的逼迫之下改了又改而成的。写这首歌让他很苦恼，那段时间，他总是问我在忙什么，我就说要拍金庸的小说《笑傲江湖》。他又问我《笑傲江湖》有什么亮点？我说里面有一首歌很特别，小说里面是一首琴谱，只弹不唱的。我想不如我们改编一下，加入歌词唱出来，然后让这首歌在影片中反复出现，应该会给观众留下深刻的印象。

黄霑就开始写这首歌，一直写了五个版本，我看过之后还是觉得不怎么让人满意，就问他可不可以再来一版。最后，大家喝酒聊天说："真正能够笑傲江湖的能有几人呢？"在这种氛围中，最终的版本《沧海一声笑》定稿了。

别的导演制作电影音乐，会根据不同的题材找不同的音乐人合作，但我比较念旧，我一直就是和黄霑合作，最后到他身体不行，在他家人极力反对之下，我们才终止了合作。

我经常会被生活中的某一件事情或者电影中的某一个镜头感动，但是听到黄霑去世的消息，我并没有大家想象中的失控。因为我很早就知道他病了，知道这一天迟早都会来临。之前，我已经经历过梅艳芳、张国荣的离去，施南生也张罗了他们两个人的后事。在梅艳芳、张国荣的事情上，我不知道该说些什么、做些什么，他们太年轻了，走得也太突然了。黄霑不一样，我们两个共同的经历更多。对于他的去世，我当时还算平静。但是直到他去世很久了，我还是不忍心看他生前的录像，不忍心听他写的歌。他的葬礼我没有参加，我怕听到我们一起合唱过的那首《沧海一声笑》。

用克尔曼为《深海寻人》配乐

我在《深海寻人》这部电影中找了一个新人来配乐。那是我在一家新疆餐厅吃饭时，发现的一个叫克尔曼的年轻人。当时我看到他在台上演唱，唱得很好，就把他叫到我的包厢，跟他聊起了电影音乐。

交谈中，我得知克尔曼在几年前就组建过乐队，也写过不少好听的歌。我还知道他曾签约中国最专业的音乐网站，是那个网站所有签约演员中唯一一位维吾尔族的吉他手，不过他从来没有为电影写过音乐，刚开始还不敢答应我。

我听了他的吉他演奏和演唱后，就相信他能写出我要的感觉。聊天之后，我更加认定这个小伙子可以配合我的想法为电影配乐。

当时我约他到我们做后期的地方，给他看了片子，然后给他一个样曲，让他按照这个感觉创作。他问我对这首歌曲有没有什么特殊要求，我说怎么写都可以，只要好听就行，可以用维语写，也可以用汉语写，词曲都交给你来做。

他是音乐人，所以创作时更多的是从乐理这样比较“教条”的方面落脚。而我是电影人，我更多的是从全局考虑，考虑音乐与故事是否搭调。最后改了十几次吧，我觉得非常好听了，让我听很多次都不会觉得疲倦才算完工。

帅也是一种错——周润发

周润发当时出演《英雄本色》也是我极力推荐的。当时他在无线电视台演电视剧，除了《上海滩》很红之外，后来的几部都不太卖座，甚至还被称为“票房毒药”。但我一直都很喜欢他，觉得他是一位很有魅力的演员。

为什么说他不被别人看好呢？这就需要提一提当时香港电影的大环境了。拍《英雄本色》的那个时代是喜剧当红的时代，最有票房号召力的明星都是那种外形比较特殊的人，也可以说是“丑男当道”。而周润发太帅了，英俊小生不符合那个时代的市场需求。

筹拍《英雄本色》的时候，我和吴宇森为男主角的人选讨论了很久，最后一致认为周润发就是《英雄本色》的不二人选。有一次我去探班，正好看到在仓库里拍的一场戏，镜头中周润发穿着长风衣，戴着墨镜，拿着一支烟，那个形象太帅了。我就感到很庆幸：“果然选对人了！”

我一直认为，在《英雄本色》中，周润发饰演的小马哥最让人感动的地方不是他叱咤风云的时候，而是他低落失意的时候。当时，我们同周润发讲这部戏的时候就告诉他：“这部戏中，让你表现很风光、很威武的机会不多，反倒是落魄、低潮的时候很多。不要把这个角色想象成英雄人物，你要努力把他能打动人心的那一面演出来。”

后来我听到很多人说，从周润发所扮演的角色身上，体会到了江湖大哥的亲切，体会到了男人之间的情和义。我们为周润发设计的用钞票点烟的动作、抿着嘴角叼根牙签的神态以及风衣墨镜都成了他的经典造型。

坚持原则的李连杰

我第一次知道李连杰的名字，是看了他演的《少林寺》之后。这部电影太好了，无论主角还是配角都会货真价实的中国功夫，我是很钦佩他们的。我当时觉得李连杰是有点害羞、很内敛的一个人。

后来，有机会与李连杰相识，我就很想为他拍一部电影。我对他说，我手边有一个剧本已经放了三四年了，但是一直没有找到合适的人来演，现在我觉得你再合适不过了，你考虑考虑到我的剧组来吧。

当时，大家觉得李连杰身形比较瘦小，和黄飞鸿这样一代宗师的气质不太相符。可是我觉得他很不错，他当时是很可爱的小伙子，要他来演黄飞鸿也很有意思。设想一个年轻的宗师，要面对很多来自不同方面的挑战，他必须机智、灵活，还要保持大家风范，这一点李连杰表现得十分到位。

李连杰现在做了很多善事，生活中他是一个很正义的人。我一度担心他会息影，不再拍武侠电影了，还好我们又在拍《龙门飞甲》中合作了。

李连杰是一个很注重原则的人，他做事有自己的一套行为准则。比如，在拍戏过程中，他会善待与他搭戏的武师，他要求不能伤害对方。有时候他会对剧组选的道具提出质疑，原因是那样的道具有可能会伤到对方。

曾有人让我评价成龙、赵文卓、李连杰这三个动作明星的真功夫，让我说他们之中哪一个更厉害。这个问题是不太好回答的，他们三个的风格不一样，是不可以放在一起比较的。我从导演的角度来看，成龙对完成比较危险动作很有经验，李连杰在武术方面表现得比较有美感，赵文卓很有爆发力，他的动作很有力度。

“口是心非”的张曼玉

大家都很熟悉的《新龙门客栈》也是我做的监制，其中张曼玉扮演的客栈老板娘历来被人称赞。其实，张曼玉之前没有演过古装武侠片，我找她的时候她觉得很奇怪，还问我为什么找她演武侠片。

我说：“如果你活在那个年代，你就是武侠人物。”她就答应试一下。拍摄过程中，只要有她出现的场面，我都在现场，我们在片场一直保持着很密切的沟通。我一直告诉她：“其实你可以放开一点，不要太拘谨，不要把自己想成古装现代人。既然你在那个环境里面穿古装衣服，你就是古代人。”

不过张曼玉有一次开玩笑，说她上了我的当，是被我“骗”到《新龙门客栈》的。原来开拍之前我曾经安慰过没拍过打戏的她：“不用怕，有替身！”可是实际开拍之后，我发现张曼玉摆起动作来有模有样，就为她加了很多打戏。有一场拍她和林青霞被“活埋”的戏，刚埋到小腿，张曼玉就开始叫苦，埋到腰部的时候，她带着哭腔说了一句：“我以后再也不拍古装戏了。”说归说，第二年她还是很愉快地主演了《青蛇》。

影片上映后，大家都认为张曼玉版的龙门客栈老板娘的形象被塑造得非常成功，她把金镶玉这个角色演绎得风情万种，令人难忘。

《龙门飞甲》是延续《新龙门客栈》三年后发生的故事。也就是说金镶玉把龙门客栈烧了三年之后，再次出现在龙门客栈的事情，但是新电影没有出现新的金镶玉。在我眼中，只有一个金镶玉，她就是张曼玉，何必要再造一个呢？

“偶像”林青霞和“粉丝”杨采妮

我和林青霞有过多次合作，我喜欢她演的电影，很喜欢她在银幕上展现的魅力。与她合作之前，我一直想我这一生当中有机会一定要和林青霞合作一次，我是她的影迷，她是我的偶像。

林青霞自己后来说，她拍完《东方不败》后，所有人见到她都叫她东方不败，所以我们的合作也算是她演技的一个飞跃，毕竟女扮男装很不容易演好。

看到林青霞被我塑造成英气逼人的东方不败，很多人就说我喜欢把美女变男人，是因为我喜欢带男子气的女人。其实，我还是根据题材来选择的，既然是行走江湖的女侠，那么她就一定跟我们一般看到的女性不太一样，她一定有自己的性格。况且，男人也有斯文的、柔弱的，女人为什么不可以有豪放、坚强的呢？

杨采妮和林青霞不一样，她是我的影迷。因为在我发现她之前，她没有演过什么戏，只是在MTV（音乐电视）客串演一个新娘，只有几个镜头。我无意间发现这个女孩很符合我要拍的《梁祝》中的祝英台的形象，就让她来试试，就这样算是从影迷到合作伙伴的开始。杨采妮后来也说，在她所有扮演过的角色中，祝英台是和她本人最相像的。

我拍《七剑》的时候，杨采妮正处在人生的低谷期。我让施南生给她打电话，鼓励她，还特意把武元英这个角色给了她。为了让她尽快振作起来，我刻意安排她在戏中摸爬滚打，在脸上涂满泥浆，还为她安排了纵马狂奔的戏。“她以前都演乖乖女，这次我要让她变成狂野之女！”这场戏拍完之后，杨采妮也重拾了对生活、对事业的信心，我很欣慰。

有一个人，二十多年来一直在华语电影界摸爬滚打，终于在近几年奠定了一代武打巨星的地位；有一个人，不但自己会武术、会演电影，还能当武术指导、当导演拍电影，并多次荣获最佳动作指导奖。

甄子丹：一个人的功夫电影梦

文/张海

铁骨铮铮，追求完美

在电影圈中，甄子丹是出了名的追求完美的人，对于完美的动作表达，他有着非同一般的执著。在拍戏中，他不但严格要求自己，对和他一起工作的演员也丝毫不放松。

近年来，甄子丹更加成熟，他的心态有所转变，他不再那么苛求其他不会武术的合作演员，但是对自己，他还是很苛刻。连年拍戏留下的伤病并没有把他打倒，偶尔的票房惨败也没有让他却步不前，内心中坚强的力量一直在激励着他。

回顾其从影生涯，我们不难发现，甄子丹一直在寻求一种自我的突破。在《新龙门客栈》中，甄子丹以突破自我的方式演绎出东厂太监曹少钦既阴柔狠毒又狂暴凶悍的特性；在《黄飞鸿》中，甄子丹用他拿捏到位的表演力度表现了纳兰元述悲惨而又壮烈的一生；在《战狼传说》中，甄子丹饰演的战狼冯文轩，以快如闪电、电光火石般的打斗让观众大呼过瘾……

《杀破狼》中甄子丹将西方拳术加入电影中，激烈的近身对决，给观众带来了一种全新的感觉，他也开始找到属于自己的风格。《导火线》对甄子丹来说更是一部具有里程碑意义的作品，在这部戏中他加入了最现代的混合格斗元素，拳拳到肉，充分展现了他的快、狠、准的武打风格，也确定了“甄功夫”的风格。

爱电影，无惧伤痛

一路走来，我一直很注重武打和武术方面的真实性。对于这方面的执著，一方面是由于我本身的喜爱，另一方面是我认为真正的武术电影本身的武术基础要非常真实。这么多年来华语动作电影能一直保持在世界第一的位置，这就是其中的原因之一。从李小龙到成龙大哥，再到李连杰，他们的辉煌正是因为他们具有真功夫，这是动作电影中不可替代的重要元素。

我是一个比较认真的电影人，无论是自己演，还是当武术指导，或是当整部电影的导演，我都希望做到最完美。所以，即使是和演文戏出身的演员搭戏，不管是谢霆锋，还是余文乐，我都会用自己的标准去要求他们。虽然这对其他演员来说是不公平的，因为他们不是练武出身，但是我希望我所接触的每一部动作片都能够达到一个很高的水准。

拍了二十多年的动作片，我的身上累积了很多很严重的伤，身体内很多部位都被我弄坏了。我经常受伤，受伤之后没有长好，还有积累的一些以前的意外伤和拍打斗戏时受的伤。这么多年以来我的骨头除了变了形，还有一些把神经也压住了。

身体上的伤痛一直折磨着我，我不能坐太长时间，或者我每天睡觉都要翻来覆去，因为我无法找到一个好位置舒舒服服地睡一觉。我右边肩膀的骨头要比左边的大很多，其实我现在穿西装，是高低肩膀的，这是因为以前一个动作受了伤，但是没有调养好，里面增生了一块骨头。还有旁边的韧带都撕裂了，现在里面是没有韧带的，全都靠肌肉把它包起来。伤病多年来慢慢累积，造成了骨头的变形。

对于拍戏时留下的伤病，我每次看到就能想起这是哪一场戏留下的。例如，在拍《导火线》的时候，我设计了很多动作，但是在拍摄过程中，我的右边肩膀太痛了，没办法完成，只能把设计出来的动作做些调整，改为左手来完成。但是有一次，我的左边肩膀也痛，最后只能把所有的招数都改了。

以前的我很苛求，很不讲道理。当导演的时候，也不懂得用其他的方法达到目的。由于我自己是练武出身，所以对自己的要求很严格。很多时候，我会对自己说：“唉，怎么会这样子？”但是最近这五六年来，可能是因为我自己成熟了，情况好多了。

现在的我会用不同的方法把效果做好，无论是做导演，还是做演员，当达不到自己的要求时，我会去想另一个方法来解决。我会选择不拍那个镜头，不拍那一场戏，回家去想一个方法，然后再回来处理。但是最终，我都会继续拍下去，无论是拍摄的技术也好，还是对自己体能上的表现也好，我都会坚持去完成。虽然我知道这是一种非常没有效率的做法，但是这却是早期拍功夫片最传统的做法。你必须要做好，有时候为了做好，甚至二十四小时不收工。

经常自我加压

每次拍一部新戏，我都给自己很大的压力。很多圈内人都对我说：“子丹，你不要总是这么苛求自己，不要指望做出来的效果都非常满意，你为什么每一次都希望能够做到最完美呢？世界上没有一样东西是最完美的，肯定会有一些缺憾在里面。”我在这个圈子二十几年，从来没有听到关于我的一些绯闻或负面新闻。我能够有今天的发展，很大一部分原因是因为我有一种自我要求的信念和不断往前冲的态度。

可能大家会对我的文戏产生怀疑，其实我曾经也产生过为什么要出来拍电影的疑惑。每一次我都很努力地做一些成果出来，而且那些成果也得到了圈内人的认同。但是可能有些时候，因为种种原因，影片会在票房上或者是口碑上不太理想，我就会困惑自己到底哪里做得不好。不过，最近几年我几乎没有这种想法了，我很享受每一部电影。拍了二十多年的电影，在某种程度上，我对于华语动作片有一种使命感。特别是这几年，虽然华语电影在世界上取得了很好的成就，但是整体水平还是有高有低，不太理想。所以我希望通过我的电影来推广，能推多少就多少。

我做事情有时候会很情绪化，但是最后都会以理智战胜情感。比如，以前我是抽烟的，因为我开了公司压力很大，而且还做了导演，每天抽三包烟。也没有怎么好好地去练武功了，身体很不好。在1999年的时候，当我发现身体不好时就去看医生，听到医生很多关于抽烟不好的意见后，我就跟自己说："如果我甄子丹再抽一根烟的话，就是王八蛋。"从那天开始，我就一根烟也没抽过。

我对自己的毅力感到很自傲，我拍的每一部电影，我都会坚持。在拍《导火线》的时候，不管是在拍某个镜头，还是回去睡觉，我都带着伤痛，可是我内心的那种坚强的力量激励着我渡过难关。

我成立了自己的公司后，拍了两部很惨的片子，特别是《杀杀人，跳跳舞》这一部，由于遭遇金融危机，所有的片商都跑了，没有足够的资金把电影完成。后来我决定接一些烂片来筹措资金，但是还是没办法解决问题，最后只能借高利贷把戏拍完。

在拍完之后，我又自己去剪辑，那时候没有电脑剪辑，我总共花了三个多月的时间在剪辑室里面剪，可是还是没有办法把整部片剪好。当时我也没有钱找配乐的人，幸亏自己有音乐的底子，就花几千块港币买了一些音乐光盘自己配音，到最后宣传也要自己拿钱出来做，当然票房也很失败，当时的我非常苦恼。

但是塞翁失马，焉知非福。六个月之后，我接到了日本一个很出名的电影节的电话，说我的影片入围了最佳年轻导演奖，虽然后来没有拿奖，但是很多裁判说我的分数是最高的，因为大家看到了我在艺术叙述上的一种独特的方法。从那件事情后，我对自己说："以后走的路，可能还会面对同样的一些挫折和困难，但要坚持继续走下去。"我就是这样不断地磨炼，才一步一步走出来的。

我拍得最好的电影是下一部

总会有人问我拍了这么多部电影，我自己最满意的是哪一部。其实，我是一个完美主义者，每拍一部作品我都会尽我最大的努力去拍好，但是每次拍完我回头看时，都会觉得可以做得更好，所以要说最满意的应该就是我的最新作品。

其实，拍功夫片很难，很多动作很危险，在非常必要的时候我会选择使用替身。功夫电影那么多年下来，从李小龙时代到今天，替身是一个很正常的事情。因为我们不可能将所有的特技都做到最好，比如说有一个镜头是你被火烧，你不可能比那个火烧的特技演员做得更好，而且也太危险。

还有一些无关紧要的镜头，比如从这边跑到那边，根本就看不到你人的脸，你没必要花十几个小时跑，累得要命，你为什么不用替身呢？我觉得作为一个成功的动作演员，就算作为一个动作明星也好，不用替身并不能代表你的功夫有多好。

我觉得我有一个很好的心态，即使眼下有什么不够满意，但我想这也许是为以后做的铺垫。只有保持这样的心态，才可以继续往前走，才能够每天开心地面对工作。其实，我并不怕老，如果有一天，我觉得没有办法去提高自己拍电影的水平了，无论是我打不动也好，还是我没有了新的创意也好，我都会选择离开幕前，但是我会继续加一把力为动作电影付出我余生的努力。

反叛与渴求武术的童年生活

甄子丹的童年分别在内地、香港地区以及美国度过。“异乡人”这个尴尬的称号伴随着他的成长。不管是在美国，还是在中国，他总是被称为“异乡人”，尤其在那个政治敏感的时代，这个尴尬的身份，给他增加了很多不必要的烦恼。

对于大多数人来说，童年的生活都是无忧无虑、自由自在的。但是甄子丹由于有个开武馆的妈妈和酷爱音乐的爸爸，从小就被母亲逼着学武，被父亲逼着学钢琴，所以武术和钢琴陪伴了他的整个童年。

在那段苦恼的日子，李小龙横空出世，让原本有些抵触母亲强加的武术训练的甄子丹，开始热爱武术。当时他把李小龙当作自己唯一的偶像，每天都把自己打扮成李小龙似的去上学。

叛逆的他，曾经是波士顿著名的暴力区的活跃分子，用拳头打出了自己的一片天下。父母害怕这个孩子误入歧途，狠心将他送到北京什刹海体育学院的武术队学习武术，成了功夫巨星李连杰的师弟。

在北京一年多的时间中，他不但要忍受语言和饮食的不习惯，还要忍受身份给他带来的孤独感。现在谈起那段生活，他总会坦然一笑，称很怀念那段日子。但是我们不难想象，作为一个小华侨在20世纪80年代的北京独自生活是多么艰难。不过对于拥有良好心态的甄子丹来说，童年的遭遇并没有给他留下什么不好的回忆，反而变成了一个磨炼自我的机会。

李小龙的崇拜者

小的时候我生活在美国，在妈妈的武馆里学习武术。我知道自己是中国人，有时候会产生一种矛盾的心理。当时的华侨在外国属于“少数民族”，会受到人家的排斥，但是当我回到中国以后，他们又觉得我是外国人。所以，我曾经很困惑自己到底算什么人。

虽然过去我遇到那么多困难，但是这么多年过去了，我没有留下不好的回忆。

在美国的环境里长大，那个时候，看到李小龙的电影，对于我来说，会产生一种功夫之外的共鸣。因为作为一个练功夫的华侨，我会在李小龙身上看到我自己的影子。在我们全家刚刚移民去美国的时候，李小龙就是我的一个偶像。虽然大家都有自己的偶像，但是可能别人的偶像是金头发的，而作为“少数民族”，我们只有一个李小龙。可能就是这一点，我不但因为李小龙的武术造诣而喜欢他，更因为他是一个黑头发黄皮肤的中国人而感到骄傲。

我接受过严格的古典钢琴训练，因为在国内的时候，我爸爸是拉小提琴的，妈妈是唱女高音的。她唱歌的同时也练武术，可是我出生之后，她的身体就不好了，就放弃音乐了，走上了练武之路，所以我从小就被父母逼着弹钢琴。其实小的时候音乐的训练和熏陶，还是会产生很好的影响，特别是我拍电影的时候，因为我有一定的音乐底子，对我的整个武功风格会有非常大的影响。

来内地学武的小华侨

我小时候是很不乖的，经常去打架，现在回头看，我觉得这是每一个小孩都会经历的成长过程，这是健康的，反正我没有犯罪。妈妈是学习武术出身，自己也开武馆，这对我的武术启蒙有重要的意义。我现在再回头想起小时候，在妈妈的武馆里学习，让我印象最深刻的就是每一天的练功，每天妈妈都很早把我叫起来，练两个小时功后才可以去上学，每天都是这个样子。

一开始的时候，因为年纪小，我很讨厌练功，我不知道自己的将来会有什么前途，而且练功的过程很痛苦，所以我很不想练。可是妈妈总是逼着我练，而且当时也反抗不了，因为妈妈真的用那些木棍、木剑一下两下敲下来。有的时候我会很调皮，偷偷逃学跑去公园和朋友比武。那时小孩子不懂事，看了功夫电影就以为真的可以在生活中来个比武，于是跑去公园，真的画一个圈在里面比赛，在那边互相打。

从小我就有很强的好奇心，我喜欢问为什么就是这样子，为什么要那样做。我除了跟我妈学习外，还希望能够跑到其他武馆去学习人家的门派，所以就偷偷去学。很多传统的武术门派都比较保守，都认为自己的武功是最好的，所以不希望别的有竞争的门派来学。每一次我都是偷偷地进去，空手道我会跑去学，跆拳道、拳击这些我都学过。我从来没想过当演员，从来没有想过进入电影圈，我小时候的理想是当李小龙第二，追求在功夫上的一种境界。

后来爸爸把我送到北京武术队练习武术，在美国是“少数民族”，到了北京也是“少数民族”。那两年在北京学武术的日子，现在回头想想，我觉得也不太辛苦，可能小时候你不会有那么多烦恼，你不会想别的，就是每天起来去练武。

一开始，在语言方面会有些不太习惯，我是广东人，而且南北方的生活习惯不太一样。在1980年那个时候，波士顿的生活和北京的生活相差很大，不仅仅是说西方人吃什么、东方人吃什么的差别，而是整个生活水准相差很大，因此有很多地方不习惯：比如公共厕所。在吃的方面，每个礼拜我都希望找一些能吃到西餐地方，但是当时只有北京饭店有个所谓的西餐厅。那里有一些汤，比如蘑菇汤或者奶油汤，我记得那个汤最接近在美国喝的汤，所以每个礼拜我可能都会去，跑去站一下或者喝一杯。当时的政治环境很敏感，学校对我们要求很严格。虽然我是中国人，但是我的身份是华侨，因此我要和队员保持一定的距离，不能和他们说太多话。

历经艰辛，终铸成“甄功夫”

一个人要想活得不那么庸庸碌碌，就要学会给自己定位，就是你想做什么，你能做什么，怎样去做。同样是努力工作，辛勤地为生活奔波忙碌，有的人事业顺风顺水，有的人却一直在原地踏步，一个很重要的因素就是能否准确地自我定位。甄子丹无疑做到了这一点，在事业没有大的起色时他就潜心钻研武术，虽然失去了一些机会，但是有时候一定程度上的放弃也是为了将来的获得。

二十几年来，在功夫电影的江湖上，甄子丹浮浮沉沉，他的道路是坎坷的。且不说在功夫电影的市场上，前有李小龙创造的辉煌时代，也有属于洪金宝、成龙大哥的天地，就是和他同龄、同时代的李连杰也缔造了一个属于自己的功夫王国，似乎甄子丹的位置一直是尴尬的。但在《杀破狼》这部电影中，让我们开始认可了甄子丹的风格，领略了“甄功夫”的魅力，似乎一个属于甄子丹的“甄功夫”时代终于来到了。

从影早期，成绩平平

我是被师傅袁和平带进电影圈的。我的第一部电影是《笑太极》，当时我是男一号。第二部电影《情逢敌手》是一部关于霹雳舞的电影。因为从小在美国长大，我特别喜欢一些关于运动的文化，也有跳一些霹雳舞，那时我帮袁和平拍电影，他发现我除了练武之外还可以跳霹雳舞。他为了实现一种自我突破，在拍完第一集《笑太极》之后，就希望拍一部很有话题的电影，于是就把一些霹雳舞的东西都放进了这部电影里面。

早期拍的这些电影，虽然我演的是主角，但是那些电影或者我个人都没有太出名，后来演了两个反派反而使我出名了。对于这一点，有人问我是否会想不通，我觉得没有什么想不通的。可能当时我真的是比较适合演配角，我觉得个人的路，特别是我们电影人的路，都会有一个过程，这个过程可能是高高低低的。如果当时几部当主角的戏都成功的话，可能今天的我不会达到这个高度。我觉得每个人要达到一个目的，都要经过不同类型的考验。那么多年的磨炼，为我今天的发展，打下了一个扎实的基础。

《黄飞鸿》出来后很多人觉得我演得非常好，观众看到了一个只属于我的形象。其实我觉得并不见得是我演得好，这完全是徐克导演的功力。我还记得那个时候，我连剧本都没有，根本不用做演员需要做的准备工作，每天吃完早饭就过来等拍戏，因为徐克是一位挺霸气的导演，每一个香港人听到徐导都不敢有任何不敬。所以我每天都是在现场等，男一号是李连杰，也是每天在那个现场等，也没有剧本，也不知道什么时候开始拍。反正徐导叫你在休息的地方等，有时候可能你等了十几个小时也不拍你。

你来了以后，他就给你一些对白，你就跟着那个对白演。然后你可以问他一些问题，比如那一场戏中那个人物的心态是什么样的。整个故事他也不告诉你，可能会跳拍一些镜头，就是他拍这个镜头，过几个小时再拍继续下来的一些镜头，所以完全不晓得自己的人物是怎么样塑造起来的。他一路跟我说，你这个角色很成功，你这个角色表现得很到位，但是好在哪里，我真的不知道。

《黄飞鸿》让我入围了金像奖最佳男配角的提名，之后我就到海外发展了。有人觉得我一直没有找到一个发力点，没有一个里程碑式的经典的作品，就是因为我跑来跑去，一会儿在香港，一会儿在美国，一会儿又跑到欧洲。其实我也不知道这个说法是否有道理。我觉得可能是自己比较贪心，因为我既喜欢在银幕上有一些表现，也希望能当导演、当武术指导，可能因为想抓住太多方面，反而没有办法好好地在一个方面钻研。我觉得一部电影的成功，真的需要很多方面的配合。一个演员的成功、一个人的成功，也需要走一段很长的路，而每一条路都是不一样的。可能我真的需要二十多年才可以找到自己的经典之作，可能就是《导火线》这一部电影，也可能不是，我也不知道。但是最起码我会继续走这条路。我真的没有很刻意地去希望有一部典型的作品，一部能真正代表我的作品，我现在真的没有这样的想法。我只是希望把我的一些电影的心得和武术的心得，通过电影表现出来。

甄氏风格，全新出炉

坦白地说，虽然我自己拍电影拍了二十几年，但是直到六七年前，我才真正找到自己的风格。后来，我也拍了一些很成功的商业片，比如说《黄飞鸿》《新龙门客栈》，还有一部挺经典的功夫片叫《铁猴子》。可是虽然拍了那么多部电影，但是我在银幕上还没有找到一个属于自己的表达方式。其实，做一个武打演员、武打明星，他需要一种方式去表达自己，不仅仅是一种武打方面的表达方法。有些人真的需要很多年的磨炼才可以成熟起来，可能我就是那种人，需要很多年慢慢寻找，转了一大圈回来后，才发现原来这样走的路才是对的。

我觉得应该就是《导火线》这部电影让我找到了属于我自己的风格，那是近几年来我和叶伟信导演的第三次合作。在这部电影中，不管是我个人在电影上的表现，还是这部时尚动作片的整体风格和水平，都达到了一个全新的高标准。我在动作设计、动作真实度和个人表现力上都实现了新的突破。

最近几年，我很喜欢MMA，这是一种称为混合格斗的技术，目前在欧美非常流行，是一个把很多门派的技术混合在一起的搏击比赛，比如说会有中国武术、跆拳道、柔道、巴西柔术等技术融入其中。其实，从《杀破狼》开始，我就尝试将这种技术加入电影里面。而在《导火线》中，我希望能够通过这部电影，把我这几年的研究成果和大家分享。

我在1995年开了自己的第一家公司，是制作公司，也拍了我自己导的电影。当时的第一部电影叫《湛蓝传说》，第二部叫《杀杀人，跳跳舞》，这两部电影的票房都一塌糊涂。其实我是从做一个幕后的电影人开始，才了解到电影是什么东西，究竟是一个个人主义的东西，还是一个整体的东西。从那个时候，我开始慢慢明白，原来电影是这个样子的。又过了几年，一个机会出现，就是美国好莱坞叫我去发展，同时德国也请我去当他们第一个华人导演，从那么多幕后的工作中，我才真正知道，幕前的演员应该怎么样做，做一些什么样的事情。后来的《英雄》让内地的观众对我有了一个非常深刻的印象，还有《七剑》《杀破狼》让大家对我的风格有了认同。

我曾经拒绝了《古墓丽影》这部电影的邀请，如果现在再有一部像《古墓丽影》这样的影片来让我演，我肯定还是会拒绝。坦白说，这一路走来，我有很多的机会去演一些大片，我在洛杉矶有一个经纪人，他一直都在帮我接很多剧本，然后寄给我，希望我演一些大片。我经常会推掉那些电影，主要是因为我觉得一个有影响力的演员，特别是一个动作演员，需要带给观众一个正面的中国人的形象。可是他们给我的那些剧本里面，那些人物往往都是一些很扭曲的形象。

说到这，又会有人说，你可以演《黄飞鸿》里面的一个坏人，就不能演《古墓丽影》里的坏人吗？我认为老外不会懂得拍黄飞鸿，他只是会拍一个很像黄飞鸿样子的一个他们眼中的典型的华人。我曾经拍过好几部像上面说的那种电影。我希望透过我的出现，能够改变他们对于中国人的印象，而且效果和评价也非常好。可是现在需要的不是改变导演，也不是要改变编剧对于华人的印象，而是改变整个文化。

我希望在不久的将来，我们中国能够越来越发达，这样外国人就能够更加认可我们中国人做的事情。他们眼中的中国会改变，北京也不会是老样子。其实有的时候，一个人的力量是很渺小的，因为你不可能去改变整个电影的剧本。

我参与了一部英国电影，名字叫《暴风突击队》，我在里面负责武术指导，我参与这部戏完全是因为电影背后一个很大的投资商打了一个电话跟我说："我这部影片需要你的东西在里面。"我接到电话后，第二个礼拜就飞去英国，帮他拍了几场戏，之后我就确定不再接这种戏了，因为我喜欢表达一种实在和时尚的风格。

对华语电影的看法

很多人问我对现在华语电影发展水平的看法，我认为电影的整体水平、电影的架构的质量都非常好。而且电影的后期制作、包装水平都提高了。但是在某些方面，比如说动作片，在动作演员的技术和武术指导的技术上却越来越退步了。我觉得造成退步的原因有很多，首先是整体市场的变化。这几年动作片市场面临一个转变，我们国内的市场这几年才慢慢打开，整个发行的架构还没有成熟，而且香港的市场越来越本地化，现在才发觉国内市场有那么大，才开始转到国内市场，因此那个架构还要慢慢去调整。

第二个原因是我觉得拍武打片的前辈的教育方法存在问题。我在此大胆地说大家都用这种传统的方法教育新人，就像我跟着我师傅刚出来拍片子的时候，我师傅从来没有教我任何技术上或者电影上的技巧，不是他不想教，而是他们传统那一套本来就是这样子，即你跟着我慢慢地学。这种方法有好的地方，也有不好的地方。不好的地方很明显，就是你很难用一个很有效率的方法去教新人。所以这几年，数来数去，出名的还是只有那几个武术指导。他们的一些学生都没有办法成长起来，我觉得这是一个很遗憾的事情。

我对自己的武术设计没有最满意的，如果说最有代表性的作品，我认为只有《杀破狼》和《导火线》。很多人认为我是古装人，因为我拍的很多电影是古代的。如以前的《新龙门客栈》和《黄飞鸿》，我在里面扮演的都是古装的侠客。所以一路下来，大家都以为我是那种拿剑拿棍的人。但是无论我自己的性格也好，武术的风格也好，真正能表达甄子丹风格的只有时尚动作片。

成龙大哥不要退休

和我合作的动作演员中，我认为李连杰最能打。李连杰可以说是我的师兄，我曾经在北京武术队训练了一段日子，当时我刚进入武术队，他就去拍他的第一部电影《少林寺》了。其实，我不是说他比其他人打得更好，只是我觉得我跟他打时产生的化学效果最好，而且我们还有兵器上的一种交流，因为我知道他的背景是武术队出身的，他对兵器套路非常了解，而且他也是冠军。所以在我们两次合作的电影《黄飞鸿》和《英雄》里面，我们都是拿兵器，他在那种最有优势的情况之下表达得最好。

虽然有人会说成龙老了，李连杰也心生退意，想退出功夫片这样的一个舞台，接下来中国的功夫片的领军人物，应该是我了，但是我希望成龙大哥不要退休。虽然大家都说成龙大哥在选接班人了，但是我反而觉得成龙大哥还有很多精力，我和他合作了两部片，在拍摄过程中，我很多次跟他说，大哥你千万不要退休，还要继续为我们华语动作片站出来讲话，那是很重要的，你的话是很有影响力的。还有李连杰也不断地在做对华语动作片有贡献的项目，我相信他们还是会继续做下去。我很愿意担当起延续华语动作电影的辉煌的重任，如果真的要担当这个责任，我能做多少就做多少。

对于自己的位置我不敢说，我觉得每个人的风格都不一样。成龙大哥的电影有他独有的风格，李连杰也是，我希望通过我的电影能展现我自己的风格，我希望电影百花齐放，动作电影也能这样。

我认为做演员，无论是武打演员，还是一般的演员，我们的表现都是来源于我们本身的背景、我们所懂的、见过的、学过的东西。就像我的偶像李小龙，他树立了一个真功夫的中国硬汉的形象。而成龙大哥，他的风格完全就是他人生的一个描写，那么我可以带给观众的就是一种中西文化的结合。因为我在美国长大，我对西方的一些武术的门派还有中国的门派都有一定了解，在特殊的环境长大，可以创造一种风格出来，我相信这就是我要的那种风格。

我很感谢我的师傅给了我一个能够进入电影圈的机会，如果没有他，我就不会进入这个圈子，也不会站在这里。而且我觉得像袁和平、成龙大哥、洪金宝、刘家良等前辈，确实是为了我们华语动作片贡献了很多，那么我今天有机会继续做下去，我也希望能够有一天像他们一样，继续带领华语功夫片在世界影坛取得更好的成就。

论侠客，道武术精神

甄子丹的母亲是著名的武术大家和太极宗师麦宝婵女士，可以说甄子丹一出生就和武侠结下了不解之缘。每当看完李小龙、成龙的电影后，他总能惟妙惟肖地模仿出他们的武术套路，拥有很好的武术天分和浓郁武侠情结的他注定要走上这条武侠之路。

自古对于英雄豪杰的定义就众说纷纭。曹操心目中的英雄是“胸怀大志，腹有良谋，有包藏宇宙之机，吞吐天地之志”；李白心目中的侠客是“十步杀一人，千里不留行。事了拂衣去，深藏身与名”；金庸大侠直接将“侠之大者”概括为“为国为民”四个大字……

甄子丹并没有像上面的大人物一样去思考到底什么是侠义精神，他只想在自己擅长的领域做得更好。

在甄子丹的武侠世界中，武术是一种表达形式，武术精神是一种很直接、很主动的态度，更是一种自我超越的精神。虽然已经到了不惑之年，但是对于“突破”和“超越”却具有相当的活力。在电影中，他一直在倡导一种积极主动的态度，不管是他的武打动作也好，还是他的为人处世也好，他都要求拳拳到肉，要直接，要一步到位。

我看武侠精神

我与张艺谋和徐克都合作过，他们两个都是很伟大和很有影响力的导演，可是我觉得在武侠的境界方面，徐克比较高，因为他本身就是一个侠客，他就是那种人。不管是他的样子也好，还是他平常讲话的一些东西也好，他的脑子里面整天想的都是那种武侠的世界。其实，我真的不太了解什么叫侠客，我觉得侠客的定义很模糊。

我没有给什么是武术、什么是侠客下一个定义，我只是要告诉大家，我的看法是怎么样，我心里的武术精神是一个什么东西，我觉得没有必要把武术精神变成文字。其实，具体什么是武术精神我不知道，因为每一个人对于武术精神的理解都不一样。我觉得武术的技巧性对我来说是最重要的，也就是说武术是一种很直接的技巧。

在历史上，从有武功以来，经过几千年的累积，武功最高的境界就是把敌人打倒。这是我个人一个很直接的理解，可能这种说法不够艺术性。因为中国人喜欢听一些武侠故事，看一些武侠小说，可能需要听到一些很高深莫测的东西。可是对我来说，武功是很简单的事情。在曾经很多访问中我说过，武打、武术跟武术电影是两回事，不能把这两回事硬放在一起。我很坚持把真正的武术带进电影。

武侠精神的嬗变

我觉得电影很重要的一点就是所谓的精神，一个不懂武功的人，也可以有这种所谓的武侠的精神；一个有很好武功的人，他可能连一点武侠的精神、武学的精神都没有。我并不是一个仅仅满足于武功好的人，我喜欢武术，也喜欢电影，我希望通过电影把我自己对武术以及电影的看法与大家分享。在拍《精武门》的时候，曾经有一句台词，其实也是我借这个人物的嘴说出来的我对武术的境界的一个理解，叫做“以无法为有法、以无限为有限”。其实这是李小龙的说法，我是希望通过这种方式向他致敬。

李小龙对我的影响很大，我说过他对我的影响不仅仅在于他的肌肉和功夫，还有他展现了一个中国人的尊严——在受到别人欺负的时候，要站出来，维护自己的尊严。在那个中国人被看不起的时代，我们需要这样一个英雄。可能成龙让我们看到了一个不一样的英雄，英雄也可以有柔弱搞笑的时候，一个小人物在玩笑的时候也可以打倒敌人。而到了我这儿，很多人会觉得就是打倒、再打倒。

我们中国、中国人已经有了一个很强大的地位，跟以前不一样了。以前李小龙的时代，我们中国人在世界上有一种受压迫的感觉，那个时候确实需要李小龙这种英雄走出来说，不要看我是小人物，我是有用的。后来成龙大哥拥有了他自己的风格。我觉得现在我们整个中国的经济发展很好，中国人应该可以站出来，外国人做得到的事情，我们也可以做得到，不光是要打倒，而且要主动，我觉得我们现在中国人需要用主动的、主导的态度、心态去面对世界。

铁汉柔情，温馨的家庭生活

银幕上的甄子丹亦正亦邪，冷酷与儒雅的气质并存；工作中的甄子丹，对功夫电影追求完美，对武学刻苦钻研；生活中的甄子丹一改银幕上的冷酷，对家庭呵护关爱，是个好儿子、好丈夫和好父亲。

甄子丹从小就受到良好的武术教育和音乐教育，不仅练就一身好功夫，还弹得一手好钢琴。

作为一个功夫巨星，在这个复杂的娱乐圈中，他却与绯闻绝缘，这在娱乐圈这个大染缸中无疑是一个不小的奇迹，甄子丹与妻子汪诗诗的浪漫爱情也是电影圈中的一段佳话。

一次饭局上，甄子丹结识了汪诗诗，立刻被汪诗诗高贵大方的气质所吸引，他鼓足勇气向汪诗诗要了电话号码。四天后，两人正式交往。交往中，甄子丹发现两人有共同的生活背景、共同的兴趣。

现在的甄子丹拥有美丽贤淑的妻子和一对可爱的儿女，拥有温馨和谐的婚姻生活和美满幸福的家庭，是无数男人心中的完美状态，而这正是甄子丹凭借自己的男儿本色和侠骨柔情，精心经营的结果。

甄子丹坦言，平时自己都把子女当成朋友来交流，而活泼可爱的女儿更是家庭沟通的小小桥梁。不工作时，甄子丹喜欢陪着家人，一起度过美好的家庭时光。

可爱老妈和美丽老婆

我的家庭是一个很传统的中国家庭，非要说有什么特别的话，可能就是我有一个武术家的妈妈。妈妈是武当派的，所以她看完《卧虎藏龙》之后，就打电话给我说，你能不能打电话给李安说，他里面的武当剑打错了，全部错了。她看了我的武打片之后，她同样也会说我哪个棍法不对。

平常，我将生活和工作分得很清楚，拍电影就是拍电影，练武就是练武，我尽量不把工作上的一些压力带回家里。因为我觉得自己已经不是一个非常好的父亲和丈夫了，我一拍戏就是几个月不在家，就算我在香港，他们也在香港，也不能很好地陪伴着他们，因为一大早我就要到片场，然后很晚才回来。我已经没有好好地为他们付出了，我应该负责任，所以我一回来，就尽量把所有的事情抛在门外，回去做一个好丈夫和好父亲。

我的太太是模特，她比我高，但是我并不介意她穿高跟鞋，我觉得这能很好地证明我的魅力。男人没有安全感、没有自信才会介意太太比自己高。当初我和太太认识的时候她都不知道我是谁，我们相识是在一个饭局上，是经过一个朋友的介绍。她只知道我是一个演员，也好像听过我的名字，后来当她再查一下我的背景才知道，原来她曾经看过我演的片子。可是当我们认识的时候，她真的不知道我是哪一位，动作片在我们的爱情中没有起到很大的作用。

不许宝贝女儿看动作片

女儿只有两三岁的时候，我跟我太太并不会觉得因为她是小孩子，就不和她沟通，我们会尽量用一种她能承受的沟通方法去跟她交流。一开始的时候，我们都没有觉得怎么样。后来才发现，一个一岁的小孩子是很成熟的，她可能在语言上表达不出来，可是很多事情她都懂。

比如，我跟太太在通电话，然后挂断了，因为我们在西方长大，我平常会说“I love you”，那次可能我忘了说了，我太太当时就不太高兴了。后来我岳母告诉我，我女儿一副小大人的样子，想了一会儿，拉着我太太的手说“I love you”，我太太就说“I love you, too”，后来我女儿就拿起电话，打电话给我说“I love you”。她非常厉害，她懂得和人沟通。

我们总是担心小孩子看到很多暴力的东西，会对其性格有不好的影响。我觉得对所谓的暴力，应该用一种很正面的态度去处理它，因为我们生活在一个现实的社会，你不能把那些事情都隐藏在一个房间里面，肯定有一天孩子自己也会看到。相反你用一种很开通的方法去告诉孩子，这是一种功夫电影，孩子以后会更健康。

女儿三四岁的时候，我自己在家里不看动作片，也不让我女儿看，因为她太小了，她看了以后，可能会被吓坏，没有办法去睡觉。平时我会陪她看动画片，我已经陪她看《狮子王》《花木兰》有几百次了。可是她看的动画片，在某些程度上也会有一些暴力的东西。她看完《花木兰》之后，都会拿筷子当成棍子在一边耍，我不知道是不是因为她遗传了我的天分。

有时候我在家里的电脑上看一些动作电影的资料，如果女儿走过来，我会用一两句上海话跟她说这是坏蛋。我不会教我的女儿练功夫，不光因为她是我女儿，还有就是我觉得练武那条路很苦，不是每一个人都可以走的，要讲缘分。

很多人问我，我的形体那么健美，平时是怎么保持的。其实我并没像大家所想的那样，每天花很多时间在健身房。一般我保持一个礼拜运动两到三次，如果我去健身房的话，我可能就做一些很简单的运动，拉拉筋、打打拳，就是这样子。

抗战胜利后，父亲找出隐藏好久的蒋介石的戎装照片，配上镜框，挂在厅堂里，我们也没有想象到，原来父亲在沦陷区还珍藏了这么一件“危险物品”。

董贻正：一个人的家国往事

文/董贻正

我1931年12月出生于上海，祖籍浙江宁波。1936年8月上小学，还不到5周岁；以后上初中、高中，直至大学。1948年报考大学，报了3所，都被录取，于是北上清华，1952年8月毕业于清华大学电机系。

抗战胜利后，我对国民党从期盼到失望，接触到进步思想，参加了学生运动。新中国成立前，我在清华加入了党的外围组织——新民主主义青年联盟，因此就成了离休干部。我于1994年办了离休手续。

父亲新中国成立前的“左派”朋友

我父亲23岁时，就任董洪茂颜料号代经理，直到32岁。董洪茂的老板是我堂伯父。我父亲27岁那年，经朋友介绍，兼任美商恒信洋行的染料销售员。1932年，我父亲同几位亲朋好友合资，“创办了中国最早的染料企业之一——大中染料厂”，所生产的硫化元青染料，被国民政府有关部门批准为首创国产染料，免税通行全国，从此改写了硫化元青全部依靠进口的历史。

父亲一生历经坎坷，从我们懂事时起，就曾先后两次入狱：一次是日寇占领上海时；还有一次是在抗战胜利后。究竟是什么原因？父亲的《三代简史》里没有提及，但说了这样一件事。抗战胜利了，被日本没收的大中染料厂非但没有被立即归还，相反，重庆来的“劫收”大员又蓄意抢夺，欲归为己有。经过父亲两年多的交涉，才收回厂房，复工生产。此时被拘押，是否与此有关？现在所有当事人都已不在人世，此事真相就不得而知了。

他是一个爱国主义者。抗战胜利时，我突然看到了房间墙上挂起了蒋介石的大幅戎装照，这才知道他多年来一直隐藏着这件东西。蒋介石代表正统的国民政府，私藏蒋介石的戎装照片，这在当时沦陷区的上海是有很大风险的。回想起来，他遭日寇逮捕时，传说他和“重庆”方面有联系的说法，倒也有几分可信。

抗战胜利后，看到国民党的腐败，他也经常叹息。因此对我们参加学生运动也未加阻拦。新中国成立后，他才知道过去几位金融界、外贸界的老朋友还是地下党，现在记得他曾提起过的有徐伯昕、陈其襄等人。徐伯昕曾和邹韬奋一起创办生活书店，抗日战争胜利后，在上海与郑振铎等人创办《民主》周刊。新中国成立后历任中央人民政府出版总署办公厅副主任，发行管理局长兼新华书店总经理，文化部电影局副局长等职。陈其襄曾任我姨夫包述传所在钱庄的经理，还任过上海生活书店总店发行主任。新中国成立后，历任上海军事管制委员会贸易总公司副总经理、中国花纱布总公司经理、商业部局长等。我父亲恐怕在一定程度上也受到他们的影响。

也可能是因为这个关系，所以《民主》周刊，从1945年10月13日创刊以来，就每期都往我家寄送。对我来说，正好是多了一份精神食粮，《民主》是每期必看。

《民主》周刊的主编郑振铎，是一位进步作家、文学评论家、文学史家、翻译家，也是国内外闻名的藏书家。在抗战时期的上海，他为抢救古籍等文化遗产，阻止珍本外流，做出了杰出贡献。抗战胜利后，我曾看到过在上海《文汇报》连载的《西谛书话》，就是他对一些古籍的评论随笔。新中国成立后他曾先后出任国家文物局局长、文化部副部长，1958年10月17日率领中国文化代表团出国访问途中，因飞机失事遇难殉职。《民主》的编委都是当时知名的进步学者，如马叙伦、周建人、许广平、董秋斯、罗稷南等，沈钧儒、沙千里、史良、闵刚侯四位名律师担任常年法律顾问。这是一份非常明显的“左倾”刊物，经常报道一些被国民党封锁的真实信息。如“重庆较场口事件”“六·二三下关事件”“李公朴、闻一多被杀事件”以及国民党搞“假谈真打”的阴谋等，《民主》都及时做了真实的宣传报道，所以被国民党视作眼中钉，出版还不到一年一个月，就被迫停刊了。

父亲从旧时代走来，走过飘摇诡谲的混乱年代，一直坚持到20世纪末。从上海滩十里洋场出场，历经清末、北洋、民国、日伪政权、新中国等中国历史上最典型的历史阶段。在起起伏伏的人生里，他有努力也有坚守，有坚持也有隐忍，有聪慧有智慧更有寂寥。他思想开明，眼界开阔，但性格却内敛，有丰富的内心世界又能与这个世界保持融合。他打太极写毛笔字，以儒家思想武装和劝慰自己，用现在的话来说，他应该算是“内心强大”的那一类人。我的人生已有80多年的经历，现在才开始参悟他，可却未必能了解他十之二三。

外婆家原系大家族

我妈妈张文澍是鄞县人，现在宁波的鄞江区。外婆家比较有钱，在宁波的情况我不清楚，但到上海后，当时在闸北有一整条弄堂、好几十栋楼房都是外婆家的。外公我没见过，早已亡故，所以没有任何印象。

当时的闸北不是租界，离市区较远，小学时，我们去外婆家，都要打电话召出租车。那时上海最有名的出租汽车公司是祥生出租车公司。祥生的老板黄祥生也是宁波乡下人，13岁跑到上海来谋生，开始在饭店里打工，做招待，做了10多年才开始做出租车业务。祥生的发展与崛起，也是当年一个上海淘金梦的圆梦过程。祥生电话号码是40000，非常好记，当年取“四万万同胞”之意。

外婆家对年幼的我们是另外一种乐园，回外婆家也就成了一件乐事。

在闸北时，外婆家的房子同我们成都路宝裕坊的房子面积差不多，不过就是他们是一家住，我们则是几家合住，可见外婆的家庭情况很是宽裕。可惜，抗战时，外婆家整条弄堂的房子都毁于战火，外婆家搬到城里，离我们成都路住处不到一站路。但住房面积要小得多，不到100平方米。

外婆是一位非常慈祥的老太太，虔诚的佛教徒，逢到佛教的重大节日，都要到寺院去烧香许愿，这一点和祖母很像。

外婆家族的亲戚也多，很热闹，可能因为条件稍好，加上外婆的和善，所以氛围也好。我们小孩子特别喜欢到外婆家去。

外婆育有两子三女，我母亲是老大。在三个姐妹中她文化程度最低，用现在的话说她就是全职太太。我母亲信佛，但没有外婆那样虔诚。她虽然成长在经济条件较为优越的环境中，但她操持家务却崇俭戒奢，这也是很多宁波人的家风，无论多么富足，家风却一脉相承。

我们兄妹5人结婚，都是从简办理，不事铺张。母亲从来没有提出什么要求。母亲宽厚待人，邻居或亲友有困难时，她都乐于相助。新中国成立后，她积极参加里弄和工商联组织的文化学习和政治学习，丝毫看不出年轻时出身之类的问题。所以，直到我妹妹学校的红卫兵找到家里大闹之前，上海的红卫兵并没有为难他们，可见她身上应该是找不到“富贵人家的小姐”的特征或习气。

母亲对子女教育不骄不宠，我们兄妹5人，没有一个是在上海上大学的，她都高高兴兴把我们送走。我们兄弟也各自独立，有一点可以预见：即使没有政治运动，我们也不会成为“啃老族”。

1962年，我小弟贻诚北大毕业。那时我们3个兄妹都已留京工作，母亲也已年逾花甲，健康也大不如前，内心确实是希望小弟留在身边，但听说小弟要留校考研究生时，她在同爸商量后，仍然支持小弟进一步深造。

1963年，小妹贻直从北京矿业学院毕业了，这是我家兄妹中最后一个大学毕业生了。但妈仍没有向组织上提出过要求照顾的意见，最后小妹也留在外地工作了。

“文革”后期起，她长期卧床，爸也年逾古稀，家里确实有很多具体事务要我们子女承担，但她始终没有向子女所在单位提过任何要求。从1958年起，一直到1982年妈妈临终时，24年间，我们兄妹5人没有一个能长期侍奉身旁，和父亲一样，她老年时，成为一个“多子女的孤老太婆”。思念及此，我们兄妹们都感到内疚。

小孃[1]孃是新四军

在我们小时候，二姨妈也已出嫁，我们兄妹都对她很亲。只有小姨妈文斐（我们叫她小孃孃）未婚，同外婆住在一起。外婆几个女儿的文化程度同她们的年龄成反比，小孃孃文化最高，在闸北外婆家时，她卧室里还有一架钢琴。兵荒马乱的年月里，保留一架钢琴时而弹奏的年轻女子总给人以罗曼蒂克之感。

---

① 孃，“娘”的异体字。

小孃孃漂亮，文静，身材高挑，但给我的感觉是她很忙，和我们小孩子接触不多。事后回忆，可能当时就在从事抗战救亡活动。抗战初期，我妈妈等亲友经常在成都路家里为医院缝制伤病员的病号服，听说这些活都是小姨妈组织的。当时的客厅里堆满了白衣白裤，住在一起的婶婶、阿姨也一同帮忙。

那时我和哥哥也只有六七岁吧，母亲也教我们缝制衣带，虽然针脚歪歪扭扭的，但心里却觉得也为抗战出力了，很高兴。因为当时我们住在英租界，所以在太平洋战争爆发前，租界地区还是比较安全的，一些不激烈的抗日活动还可以进行。

可是后来就没再见她，隐隐约约地听说她在前线牺牲了。因为当时上海还在日寇占领下，气氛很是紧张，大人们都不同我们说这些事，究竟她是在哪里牺牲的，当时情形如何，在我写这一部分初稿时，还不清楚。后来我表妹王炼利来信说：我小舅舅（也就是小孃孃的弟弟、王炼利的父亲）改革开放后，从美国回来，曾同她说起，小孃孃是偷着去参加新四军了，当时家里谁也不知道。后来接到她所在单位来信，才知道她随新四军转移，病死在苏北。她的遗骨是大舅舅到苏北去取的。大舅舅到了坟地后，掘开墓，见到小孃孃的大衣，就肯定了这是她的坟，将她的遗骨带了回来。因为像她这样的家庭，参加新四军在当时自然是被认为大逆不道的。因此，我父母对她的死讯讳莫如深。

说起苏北，当时上海的上层社会是相当鄙视的。当时上海已是“东方大都市”，而上海周边的城市和城镇则显得贫穷落后（所以很多人都跑到上海谋生，那时候苏北三把刀，即菜刀、剪刀、剃头刀，反映了苏北人在上海所从事的职业：厨师、裁缝、理发师。这在当时上海是最低层次的几种职业。一个家产万贯的阔小姐却自愿跑到贫瘠之地闹革命，也可见当时人心之向背。

但在当时上层社会看来，小孃孃简直是叛逆之极，像所有背叛家庭的革命者一样，他们很难获得家庭的支持和理解。我外婆知道她是死在新四军那里时，还说过“让她去”的气话。

一个腰缠万贯、大户人家的女孩子，是什么动力使她毅然决然地抛弃上海舒适的家庭，到苏北这样贫瘠之地去呢？苏北为什么又有这样大的吸引力呢？这是个谜一样的话题。很遗憾的是，我们再也不能听到小孃孃亲自来回答这个问题了。

大舅舅张永生同外婆住一起，也在恒信洋行工作。我二年级考第一名后，他最先送我一套小学生丛书，这也是我第一次得到的礼物。

小舅舅张器咸是外婆最小的孩子，长得也最帅，可以用风流倜傥来形容他。抗战时，他一个人跑到四川一所教会大学读书，但大学没读完，就辍学工作了，也许是因为他一人在大后方，要解决自己的生活问题吧。抗战胜利后回到上海，已经结婚，妻子是成都时的大学同学，生有一女，后来离婚了。新中国成立后他在上海又结了婚。

小舅舅是一个公子哥儿，上海所谓的“小K”，就是有钱人家的“少爷”。他开过自行车行，装配自行车，那时候，在上海，有一辆自行车，就不简单了。我在高中时，同班四五十名同学，有自行车的只有二三人。做个比喻，开自行车行大体相当于现在开一个好一些品牌的汽车行，可见他是个很时髦的人，而且敢想敢做。敢想敢做的个性跟随了他一辈子。

我上清华时带去的自行车就是他开的店为我装配的，我也因此成了清华校园里为数不多的拥有自行车的学生。这辆车，后来在班上，成了公车，哪位同学要进城，就骑着我的车去。

20世纪20年代末，十里洋场的旧上海风云际会，政治与经济势力也此起彼伏。除了雄踞上海的“帝国主义”者，北洋军阀、革命党、各种帮会势力盘根错节盘踞在上海，甚至中国共产党第一次会议地址最初也在上海。上海既是冒险家的天堂，聚集了来自全世界的冒险家，同时也是大浪淘沙之地。28岁的父亲任上海美商恒信洋行兼职营业员，可见父亲应该还是有一定硬功夫的。

我知道的八百壮士

当时在上海，凡是经济条件稍好一些的家庭，孩子们上学都比较早。我上学较早，不到5周岁就进了小学，我哥哥也一样。按说，小学应该是无忧无虑的年代，但日寇的铁蹄粉碎了这一平静生活。1937年，继“七七卢沟桥事变”后，日寇又在上海挑起“八·一三”事件，打响了淞沪会战。战争打得很激烈，双方互有胜负，但终究国军与日军实力有差距。事后的资料显示，是因为蒋介石当时的政权不稳，而且军费开支并没有充分筹备，所以不敢全面、彻底地进行抗战。对此他还在接受美国记者的访问的时候声称，自己需要10年的时间准备。

所以，在淞沪抗战期间，蒋介石还指望“国际联盟”进行斡旋，通过“外交手段”解决问题。殊不知，正如民国著名军事将领蒋百里所言，对于日本人，无论胜败只能打，而不能降。

但是，当年蒋介石是否能听得进这些话我们不得而知，我们知道的只是，十九路军在上海坚持近3个月后开始撤退。

那时我还是二年级的小学生，对整个战争情况当然不了解，但“八百壮士守四行”却深刻在自己脑海中。时任十九路军中校团副谢晋元奉命率一个营兵力进驻四行仓库，以掩护国军大部队撤离上海。所谓四行仓库，就是上海盐业银行、金城银行、中南银行、大陆银行四家共有的钢筋混凝土仓库大楼。四行仓库在苏州河北岸，南岸就是英美租界。当时日本还没同英美宣战，因此日军还不能进入租界，但国军同样也不能进入租界。谢部坚守四行仓库，打退日寇的多次进攻，当时得到了民众的支持和赞扬，大家从十九路军的身上似乎看到了希望，看到了民族军人的魂魄。

有位女中学生杨惠敏当时才十四五岁，是一名童子军，随身裹着的一面国旗，深夜泅渡苏州河进入四行仓库。第二天，这面青天白日满地红的中华民国国旗在仓库大楼楼顶升起，大大鼓舞了中国人民抗击倭寇的决心和信心。杨惠敏的名字从此也深深地刻在我的脑海中，她成为我们心目中的英雄，也成了上海各界津津乐道的知名人士。

再后来，上海沦陷，杨慧敏长成了青年，著名影星胡蝶逃往香港，拜托她保管和运送行李，最后行李丢失——兵荒马乱的，人能活着就不错了。而巧的是胡蝶恰好看到一处商铺有人在兜售她名贵的皮草大衣，就觉得是杨惠敏保管不利。当时胡蝶被戴笠“抓”去做情妇，戴笠则把杨惠敏关了起来。

但是一直也查不到对杨惠敏不利的证据，后来戴笠飞机失事。据说戴笠着急在不适合起飞的天气起飞只因为要参加胡蝶和前夫的离婚仪式，以便和胡蝶顺利结婚。戴笠飞机失事后，杨慧敏才被放出来。现在想来，杨慧敏的命运也算是跌宕起伏。

其实，谢晋元的部下只有400多人，为什么称之为“八百壮士”？是因为有的报刊撰文，将其同楚汉相争时田横的八百义士做比较，故被称作“八百壮士”。不久，歌曲《歌八百壮士》开始传唱：“中国不会亡，中国不会亡，你看那民族英雄谢团长！宁愿死，不退让；宁愿死，不投降！同胞们起来，快快上战场，拿八百壮士做榜样！”这一事件在我幼小的心灵上打下了深深的烙印。“抗战必胜”的信念大为增加。谢晋元团长在1941年被叛徒刺死。2004年5月，我在湖南衡山看到建于1943年的忠烈祠，是仿照南京中山陵形式建造的大型陵园。最高一层安放着抗战中牺牲的国民党将领的灵位和照片，人数多达140余位，其中谢晋元已被追认为少将。中华人民共和国成立后，国家将四行仓库附近的一条马路改名为“晋元路”，并建立“晋元中学”，以志永久纪念。

抗战胜利啦

1942年，我进入致远中学读书。中学是人生一个很重要的阶段，尤其在那种特殊的历史和社会环境下，可以说，环境在一定程度上造就了人。

在那种特殊的环境里成长起来的少年，经历了抗日战争，看过了汉奸，经历了各种大浪淘沙的历史大事件，也注定将继续经历历史大事件。

1945年8月15日那天清早，天还没大亮，家里电话铃突然响了。

我想这么早来电话，不是好事，就是坏事。因为电话是两家公用的，所以是安装在楼梯拐角处。夏天我一人睡在二楼客厅的大餐桌上，离电话最近，听到铃声，就下楼去接。电话是一位亲戚打来的，他在电话里抑制不住兴奋之情，传来了一个使人惊喜若狂的消息:“日本投降了，抗战胜利了！”

于是我赶快叫醒大人，与大家分享这一天大的喜讯。毕竟这个消息太意外了。因为，当时日本也是封锁消息的，报纸上肯定不会刊登，至于收音机，也不让有短波。因此，美军在广岛、长崎投掷原子弹我们并不知道，至于苏联红军出兵东北，即使有报道，恐怕也是轻描淡写的。

虽然我们还没有杜甫诗句描绘的那样“初闻涕泪满衣襟”，但那种“喜若狂”的感觉却丝毫不差。我们立刻再打电话，通知其他亲友。同时两家人都聚集在客厅里，憋了八年的鸟气，可以痛痛快快地发泄了。

因为信息不通，也没有电视、广播进行统一的宣传，所以我们没有见到“举国欢庆”的场面，但是内心的兴奋和快乐迅速传播开来。那天熟人见面，首先是抱拳作揖，庆贺抗战胜利，小日本终于垮台了！也听说有的日本鬼子听到天皇诏书后切腹自杀了；还听说有的日本鬼子不相信这是真的，还在那里扬威耀武地欺负中国人，被老百姓围殴了。是真是假，谁也没心思去核对。因为日本投降了，这毕竟是铁定的事实。

父亲找出隐藏好久的蒋介石的戎装照片，配上镜框，挂在厅堂里，我们也没有想象到，原来父亲在沦陷区还珍藏了这么一样“危险物品”。那时，看着被父亲供奉起来的蒋介石，真觉得蒋委员长好伟大，好威武！总算可以不再受小日本鬼子的气了，满脑子想着胜利后可以好好搞建设了，国家就可以富强起来了。

那年的双十节（中华民国的国庆节）上海举行盛大游行。部队也参加，要经过四马路，天福百货店就在这条马路上。外婆是“天福”的老主顾，同“天福”的老板很熟悉，她带我们到“天福”沿街的楼上去观看。

想象里，参加游行的部队，该是孙立人统帅的新一军那样的美式装备，士兵们穿着笔挺的军装，但实际看到的士兵着装、配备，却差得远，当然有些失望。

其实，当时的国民党也没有想到日本这么快就投降了，估计日本人自己也不会想到，那么快就“气数已尽”。广岛和长崎的两颗原子弹只不过在行将就木的“日本帝国”身上再捅了两刀而已。

因为国民党政府没有料到日本这么快投降，而且是无条件投降，所以很多准备工作都没有做好。这些准备工作不仅是关于“游行”这种“面子工程”，更重要的是，蒋介石政府根本就没有做好接收工作，所以大接收就在混乱中变成了“大劫收”。而在东三省的关东军的武器、物资和工厂设备，大部分被苏联红军搬回苏联，一小部分被转移给了共产党。

离延安更近了

在抗战胜利前夕的1945年7月1日，黄炎培、褚辅成、冷遹、傅斯年、左舜生、章伯钧等6位国民参政员从重庆飞抵延安，回来后黄炎培写成《延安归来》一书。由于这次参加访问的，都是社会著名人士，当时所谓的“社会贤达”，而且又是经过国民政府同意的，因此大家都认为书中内容可信度极高，2万册书，很快就销售一空。当时，在上海，凡是心系国事的人，很多都看过这本书，而且成为街头巷尾、家庭饭桌上的谈话主题之一。

除了黄炎培这些民主人士、社会贤达等人员的传播之外，一些杂志更具有战斗性。

抗战胜利后，从大后方重庆等地回来一大批“文化人”，他们同留在上海的文化工作者结合起来，办起了一批杂志。其中影响较大的有：唐弢、柯灵主编的《周报》，郑振铎主编的《民主》周刊，黎澍主编的《文萃》周刊，储安平主编的《观察》半月刊等。这些刊物基本上是以政论性文章为主，《文萃》《观察》也经常发表一些文艺作品。这几份刊物都是我经常看的。为这些刊物撰稿的有马叙伦、马寅初、周建人、许广平、郭沫若、茅盾、田汉、胡绳、吴晗、沈钧儒、臧克家等，还经常能看到乔木的国际时事评论。此乔木非在延安的胡乔木，而是在香港的乔冠华，笔名乔木，时有南北乔木之称，还有丁聪配发的漫画，都十分引人注目。这些刊物创刊时间大体在1945年9月到1946年9月，但由于其进步倾向，敢讲实话，国民党将其视为文化战线上的大敌，先后都被查禁。其中《周刊》《民主》都在出版一年左右就被国民党查禁，《文萃》《观察》也只存活了两年左右。但人民的声音是封锁不住的。

当时上海的文化界、出版界很是活跃，各种演讲活动、文艺演出很频繁。我曾听过郭沫若的诗朗诵——高尔基的《海燕》，当他以诗人的饱含激情的语调念出第一句“在苍茫的大海上，狂风卷集着乌云。在乌云和大海之间，海燕像黑色的闪电，在高傲地飞翔”，整个会场就鸦雀无声，而当最后那句经典的诗句“让暴风雨来得更猛烈些吧”结束时，更是激起全场听众暴风雨般的掌声。

人们都在期待着，让这猛烈的暴风雨把那些污泥浊水统统扫光！

文艺界也十分活跃。话剧舞台上较多的是一些现实主义题材的演出。抗战胜利还不过两个多月，著名剧作家陈白尘，在强烈的现实情况刺激下，只用了20多天时间，写出了被称为“中国版的《钦差大臣》”的三幕政治讽刺喜剧《升官图》。剧中描写两个逃避官方追捕的强盗所做的黄粱美梦。梦中，他们成为一个小县城的知县和秘书长，同县里各局局长一起，与满口“仁义道德”“廉洁奉公”的省长沆瀣一气，贪赃枉法，无恶不作，活生生的一幅官场百丑图，对国民党官场的腐败现象进行了无情的揭露、辛辣的讽刺和有力的鞭挞。1946年2月起，在重庆连演40多场，轰动一时，在上海演出时，我也去看了。

剧场中笑声过后，更使人深思何时才能吏治清明，使群丑无处藏身，彻底暴露于阳光之下，成为人人得以诛之的过街老鼠？

电影界出了一批结合现实的好电影。其中以蔡楚生、郑君里编导的《一江春水向东流》影响最大。电影以八年抗战为背景，以一个小人物张忠良抗战八年中的经历为主线，描绘了张忠良（陶金饰）从心系抗战，不惜抛妻离子，长途跋涉，奔赴重庆，到最后成为接收大员，回到上海，沉湎于纸醉灯谜的花天酒地之中，以致其妻素芬（白杨饰）得知真相后，投河自尽。

放映过程中，可以听得到观众的唏嘘之声，人们为素芬的悲惨命运而不平，也为张忠良的变质而愤慨。但走出影院，人们更会思考为什么会导致这样的结局，更增强了对国民党政权的不满。这部电影创造了国产影片卖座的最高纪录，当时被誉为“中国电影发展途程上的一支指路标”。几位主角，陶金、白杨、舒绣文、上官云珠、吴茵，从此成为全国极具影响力的影星。

新中国成立后，该剧的编导蔡楚生先后任文化部电影局艺术委员会主任和电影局副局长、中国电影工作者联谊会和中国电影工作者协会主席。郑君里曾执导都是由赵丹任主角的《林则徐》和《聂耳》，赢得了很高的评价。

那时，在进步学生中流传的一些歌曲，像《古怪歌》中“往年古怪少呀，今年古怪多”。其实，所谓“古怪”者，也都是现实状况的反映。“田里种石头，灶里长青草”，这就是当时部分地区农村现状的写真。“清早走进城，看见狗咬人，只许他们汪汪叫，不许人用嘴来讲话”，这更是国民党特务横行、欺凌百姓的写照。还有像《你这个坏东西》，歌词以通俗明了的大白话开始，“你你你，你这个坏东西”，接着就历数坏东西的罪状。

中国的出路何在？中国的前途又在哪里？人们思索着，期盼着新的曙光的到来。

用“单戈士”的笔名向进步报刊投稿

1946年，我报名进入晓光中学学习。在晓光求学的两年（1946.9—1948.8），是我人生的一个转折点。在晓光，我不仅停留于接触进步思想，而且参加了反抗国民党统治的实际行动。

除了参加实际活动外，我又开辟了另一条战线，就是向进步报刊投稿。

当时，上海发行量最大的报纸是《申报》和《新闻报》，进步报纸有《大公报》《文汇报》和《联合晚报》《新民报》等。杂志接触较多的除了《民主》《周刊》等外，还有《中学生》《英文月刊》。我曾经投稿的报刊有两个：一个是《中学生》杂志；一个是《联合晚报》。都是用的笔名“单戈士”，“单戈”合在一起就是繁体字的“战（戰）”。这也是我当时的心情，就是想做一个和各种腐败力量做斗争的战士，其实自己当时又能做些什么呢？

《中学生》是开明书店主办的一份杂志，在中学生中影响很大。主办人是夏丏尊先生，现在的年轻人恐怕没有几个知道他了。夏先生是同叶圣陶齐名的教育家、出版家。说起夏先生的名字，好像很怪，“丏”不是“丐”，为什么取这样一个会同“乞丐”的“丐”搞混的名字呢？原来是为了逃避当时那种肮脏的政治，在市参议员选举中让人写错票而不至于当选，大约那时的选票不像现在都是印好名字的，而是要自己填写的。夏先生病逝于1947年4月23日，临终前说了一句“胜利，到底是啥人的胜利”，这句沉痛的话语却说出了当时老百姓的心声。

开明书店还有一份以中学生为对象的刊物《英语月刊》，在1947年的某一期上，张沛霖先生发表了《追念夏丏尊先生》，我把它翻译出来，投寄给《中学生》杂志。虽然没有被采用，杂志编辑部却请张沛霖先生帮我做了认真的修改，“但整个调子，还是欠流利，故不拟刊载”。看到这一修改稿使我十分感动，恐怕现在没有哪一家杂志的编辑部能够这样对待一位不拟刊用的无名作者的稿件。这个修改稿和编辑部的退稿函至今我还保存着。

后来我就以夏先生的这句话“胜利，到底是啥人的胜利”为题，写了一篇纪念抗战胜利一周年的文章，投寄给《中学生》。编辑部来信表示要刊登，后来因当期稿太多，没能赶上，过时再登，“有点像‘冷灰里爆热火星’似的”（编辑部来函），没有刊登。

我多次向《中学生》投稿，但刊登了的只有一篇《缴学费》的小小说。主要是对当时所谓“学店”式的学校的抨击。

至于投给《联合晚报》的稿件，都是短小的时评式的短文，刊登了多篇，现在自己也记不得写了些什么。

《联合晚报》创刊于1946年4月15日，是中国共产党领导的进步报纸。社长刘尊棋新中国成立后曾任国家新闻总署国际新闻局副局长，外文出版社副社长、总编辑。总编辑陈翰伯新中国成立后曾担任商务印书馆总经理兼总编辑，1964年任文化部出版局局长。曾担任全国人大常务委员会委员长的乔石和其夫人翁郁文都是该报的记者、编辑。该报出版才一年多，就因如实报道“五二零”学生运动，被国民党以“破坏社会秩序，意图颠覆政府”罪名，勒令与《文汇报》《新民报·晚刊》在1947年5月24日一起停刊。

1948年7月，我从晓光中学毕业了，即将开始向往中的大学生活。

我们当年考大学

新中国成立前考大学招生不是全国统一的，而是各校单独或数校联合招生，考试时间错开，据说一个暑假最多可以报考7所学校。录取名单都在报上公布，常会看到一些重复的名字，那就是被多所学校都录取的优秀生，这种考试和现在很多美国大学的考试制度相似。如果一个学生被多所大学录取，那么自然会有亲朋好友出谋划策，甚至也有一些已经考进大学的学长建议考生选择某个学校，感觉就像是生源的争夺战，学生有权选择自己想上的那一所。同时，各高校为解决录取后学生不能全部报到的问题，各校都有备取生，以备递补。

当时，我报考了3所大学。

一所是上海交大。上海交大不仅在上海是数一数二的，而且在全国工科院校中也是名列前茅的。1956年国务院决定上海交大搬迁到西安，于是就有上海交大和西安交大之分了。

另一所是南京的中央大学。对中央大学，其实我是不感兴趣的。因为我觉得这是一所党派性特强的学校，蒋介石就曾一度兼任该校校长。

我早就向往清华的学术风气和“民主堡垒”的自由民主精神，我的第一目标就是清华。清华是同北大、南开联合招生的，大约因为这是西南联大的老班底，但只报清华，未免显得孤注一掷，因此我还报考了上海的交大和南京的中央大学。

报考中央大学，是有些出于礼节。因为有位高我一个年级的晓光校友，他上年考上了中央大学，他力劝我报考。但从我内心来说，这三所学校中，我最不愿意去的是中央大学。因为觉得中央大学是南京国民党的根据地，党化教育思想太重。据说这次入学考试题中有一道地理选择题就是测试你的“赤化”程度的：苏联国土面积占世界陆地总面积的比例是多少？选项有1/6、1/16等。凡是答对的，就有“亲共”的嫌疑。我这道题恰恰答错了，选了1/16。

至于报考哪个系，我都填写电机系。其实，我对化工还比较感兴趣，但由于我父亲所在的行业是属于化工的，因此，为表示自己不愿继承家业，坚决不报化工系，也是背叛家庭的一种表现吧。为什么选择电机系？当时听说清华、上海交大的电机系最强，也最难考。难，我就偏要考，结果这三所学校都考上了，更有些志得意满。后来的事实证明，这是一种非理智的选择。

我是在家中我房间里的马桶上听到自己被清华录取的消息的。那天，我正坐在马桶上解手，听到爸爸叫我，说是清华发榜了，我考上了。我并没感到特别兴奋，多少有些“早就料到”的意思。请他把报纸给我，在电机系一栏里，找到了我的名字。

清华的学习生活和我的老师们

清华校长梅贻琦早就说过：“大学者，非有大楼之谓也，盖有大师之谓也。”事实上，清华不仅有大楼（当然，同现在几万人规模的大清华相比，这些楼显得小了些，但即使现在，看到科学馆、化学馆等建筑，仍然会肃然起敬），但更重要的是，清华有闻名国内外的大师们。这些大师，既是学术殿堂的缔造者，也是民族堡垒的捍卫者。清华在1952年“以苏为师”，进行院系调整前，工学院固然在国内外颇有影响，但文、法、理，甚至农学院更有过之。看到清华如此学习环境，真是满心欢喜。能够在这样大师云集的学校里求知，真是一生的幸事。

但是，我这个人资质平庸，学习方法又不对头，因此面对大师如此丰富的知识宝藏，我却未能从中汲取充分的营养，更不能从他们智慧的脑袋中获取探索科学门径的密码。但毕竟在这种强大气场的影响下，也多少学到了为人、求知、做事的正道，使我以后在社会上能坚守底线，奋发求知，虽然没能为母校增添光彩，但也没有辜负母校的期望。

回顾在清华4年的学习生活，确实是平平而已。所以，有的同事在向初次见面的朋友介绍我时往往会说：这是清华的高才生。我会立即否认，这不是谦虚，而是实事求是。因为，进清华的，绝大多数确实都是高中学校的高才生。但出清华时，就不一定是清华的高才生了。当然，清华不乏高才生，他们善于思考，钻研问题深，总结概括能力很强。

工学院各系大一课程基本相同，有国文、英文、微积分、普通物理、画法几何、经济学概论。普通物理是理、工学院学生的必修课，学生多，分4个大班，国文、英文、微积分则都是二三十人的小班，物理课分别由王竹溪、钱三强、何成钧、孙瑞藩讲授。其中，王竹溪和钱三强都是教授。按清华的规定，所有教授都要轮流讲授基础课，他们俩也不例外。1947年钱三强回国时，已以其发现核反应三裂变的重大研究成果轰动世界科学界；王竹溪的资历更深。1971年夏，杨振宁第一次回大陆探亲访友时，曾向周恩来总理点名要求拜见的少数几个人中，就有他在西南联大做研究生时的导师王竹溪，王竹溪这才从北大在江西鲤鱼洲的五七干校回到北京。但据高年级学长介绍，他们认为讲课讲得最好的还是何成钧老师，工科的很多同学都选他的课，我也选了何老师的课。他用四川话讲课，抑扬顿挫，条理清晰。

物理课有两位助教，其中一位是陈篪，中等个儿，长个娃娃脸，说话细声细气，对学生很客气，但要求又很严格，对实验数据的处理就是从他哪儿学到的。新中国成立后他主动要求去鞍钢工作，这在当时也是一种小潮流，认为搞建设了，还是要以工为主。我们班上两位女同学也是从物理系四年级转到电机系二年级的。以后陈篪又调入钢铁研究院，任物理室主任。在确诊为甲状腺癌症后的住院期间，他还坚持看书学习，进行运算，并表示要写信给党支部：“生命不息，战斗不止。”但就是这样一位好同志，被当作“白专”典型来批判。粉碎“四人帮”后，冶金部党组把他树为“冶金科技战线的铁人”。

数学课马良老师讲微积分。开学前，高年级学长就向我们介绍了一些老师的特点。总的印象是学识渊博、要求严格，特别是会对新生来个“下马威”。开学后，果真体验到了。马老师上课时经常来个10分钟的小测验，有的在讲课前，有的在课程的最后10分钟。本来，微积分我在中学时就自学过，觉得并不难，但几堂课下来，把我“烤煳”了。好在老师们采取的方针是“考试从严，给分从宽”，有的老师按实际得分的开方乘以10，作为正式成绩，这样算来36分就算及格，也算是放我们一马。

画法几何由褚士荃老师主讲。他是清华的训导长。在我印象里，训导长都是国民党的党团骨干，是镇压学生运动的帮手。但褚老师是慈眉祥目的，听说他还帮助黑名单上的学生逃离清华。但这门课一般安排在下午第一节，那时有些发困，但主要是自己对三维图像概念差，因此，这门课也没学好。

好像也是在一年级，有一门金工实习，由机械系强明伦教授主讲。该实习课要求要亲自动手把一块粗钢加工成长方形的钢块，四周要挫得有棱有角。这又暴露出我的动手能力差的弱点。至于车床等机器设备，也只是大概知其操作方法而已。

一年级下学期的清华已是新中国成立后的新清华了，课程也多少有些变动。原本要上的普通化学和工程测量课，电机系的学生就免修了；英文课，凡是考试合格的也免修了。

进入二年级，有两门重点课程：一是电工原理，二是材料力学。前者是电机系的专业基础课，从这才开始同电机系接触了。清华电机系是1932年秋创立的，第一任系主任由工学院院长、美国麻省理工学院第一个中国博士顾毓琇教授兼任。电机系的办学宗旨、课程设置、教学方法甚至教材选择，都采用美国麻省理工学院电机工程系的模式。早在上海读高中时，我就久仰MIT（麻省理工学院英语的缩写）的大名，有“世界理工大学之最”的称号，有众多的诺贝尔奖获得者（至2009年，先后有78位诺贝尔奖得主曾在麻省理工学院学习或工作），在我的心目中MIT甚至超过了哈佛、耶鲁。而在MIT的众多专业中，尤其以电子工程系名声最响。现在，在众多大学排名榜里，麻省理工学院均位列世界前五位。

教“电工原理”的是孙绍先教授。新中国成立前这些课程都是英文讲课，原版教材。可是到了二年级就是新中国成立后了，在新时期，在“一边倒”的思想指导下，要肃清“亲美、恐美、崇美”思想，教授们都是用中文讲课，“电工原理”当然不能例外，也是自编中文讲义了。孙绍先是东北人，1945年获麻省理工学院硕士学位。他讲课语速较快，对所讲内容烂熟于心，十分重视概念的理解。但在“文化大革命”中，他被诬陷为美国特务，曾两次自杀未遂。有意思的是，他的儿子孙立哲却被毛泽东亲自圈定为5名知青先进典型之一。孙立哲在“文化大革命”中从清华附中到延安插队，成了赤脚医生，自学成才，在农村做了上千例手术，治愈了不少乡亲的病。1983年，他获得美国西北大学博士学位。

这门课配了4名助教，足见其重要性。他们平时对学生进行辅导、答疑、指导实验。考前帮助同学进行复习，对同学很关心，也很有耐心。四位助教都不是泛泛之辈，他们后来都是教授。其中王先冲当时已是讲师，是新中国第一批博士研究生导师之一。还有一位吴佑寿，他们两人后来都是中国工程院院士。另一位是南德恒，我们给他起的外号叫“难得很”。还有一位叫金兰，同学们也是取其谐音，取外号“真难”。从中也可看出同学们对这门课程的敬畏之情。三位老师也回校参加庆典，竟然还能叫得出很多同学的名字。

遗憾的是，这门课我没学好，学期末了的考试中，我居然成为极少数几个考试不及格的人员之一。虽然同学们没有任何轻视之意，但这毕竟是我第一次在学习上遭遇滑铁卢，当时的心情可想而知。这年暑假，我没有回家，我写信把这事告诉了父亲。自上学以来，父亲从来不过问我的学习成绩，我也从来没有给他看过成绩单。这次我把成绩告诉了他之后，他回信毫无责备之意，只是要我总结学习方法，加以改进而已。

这次滑铁卢对我的影响还是很大的。过去中学那一套学习方法，主要是靠死记硬背，靠多做习题，对基本概念缺乏深刻理解，不能把各种观念融会贯通。而有的同学，老师讲完一章，就把这章内容归纳成一张图表，各种概念之间的联系说得一清二楚。于是第二年重修时，我也朝这个方向努力，这次得了80多分，多少有了些进步。

二年级的另一重头课是材料力学，有两个班，分别由钱伟长和张维教授讲授。一般机械系的都安排在钱伟长的班上，非机械系的则是由张维教授讲授。钱伟长是无锡人，个儿不高，戴副眼镜，言谈温雅，风流倜傥。虽然不担任我们的课程，但他的名气很大。他是有“火箭之父”美称的美籍犹太人冯·卡门教授的弟子。1937年他考入清华时，国文和历史都是100分，而数学则是接近零分。九一八事变后，他决心弃文学工，经过一番严格的考核，终于转系成功，最终成为世界著名的科学家。张维教授是柏林工业大学的博士。他不仅讲课讲得好，而且关心同学的全面发展。虽然他是机械系的教授，但是唯一在春假带领我们电机系学生外出郊游的老师，记得地点是在黑龙潭，现在我们同学中还保存有郊游时的照片。他的夫人陆士嘉是航空系的教授，也是留德的博士，他们是在德国留学时结为伉俪的。他们夫妇都是中国科学院第一批院士。

三年级开始分组了。那时没有专业之分，电机系下分三个组：电机制造、发电、电讯。我选择了发电。三个组的课程不尽相同了。发电组的课程有章明涛教授的“交流电机”、钟士模教授的

“电机原理”、杨津基教授博士“高压工程”、黄眉的“输配电工程”，还有范崇武、唐统一教授等的课程。外系课有刘仙洲的“机械原理”、庄前鼎的“热力学”、张光斗的“水力发电”，都是这方面的权威。此后的课程，就不那么吃力了，分数也上去了。

章明涛是电机系系主任，也是浙江鄞县人，和我该是小同乡吧。1929年22岁时，他在英国获得硕士学位。1932年清华电机系成立时，25岁的他就被聘任为教授。新中国成立后，他当选为第一批中国科学院学部委员。1992年，朱镕基的一篇短文《为学与为人》，就记录了章先生的一段话：“你们来到清华，既要学习怎样为学，更要学会怎样为人，青年人首先要学‘为人’，然后才是学‘为学’。为人不好，为学再好也可能成为害群之马。学为人，首先是当一个有骨气的中国人。”这番话，掷地有声，终生难忘。

钟士模是MIT电机工程系的博士，教授“电路原理”。他身材比较魁梧，圆圆的脸，肤色黝黑，讲课条理清晰，课后同学生互动较多，是最受学生欢迎的教师之一。以后他奉命筹建全国第一个自动控制系，并被任命为系主任。1971年5月11日在一次会议上，他心脏病突发，经抢救无效逝世，时年仅60岁。

杨津基教授是留德博士，讲授“高压工程”。希特勒执政时，他正好在德国。他私底下同我们闲聊时，说起当时德国的经济发展，还是推崇有加。这些话，如果晚几年被人听到，肯定要“吃不了兜着走”。

刘仙洲教“机械原理”，在这些教授中他的年龄最大，执着于研究中国机械史。1952年春节，我们几个同学去他家拜年，他的书桌前摊放着一些线装书，他正在专心研究。他说，他年纪大了，过年的事无所谓了。他当时是河北省人民政府的委员，我们谈起刚被处决的刘青山、张子善，他也不加表态，给人感觉是一位“只做学问，不问政治”的忠厚长者。1955年他加入了共产党，在教授们中影响很大。

也有的教授因为在国民党时担任过一些职务，以致在相当长的时间里，得不到任用，未能发挥其专长。直到粉碎“四人帮”后，才重新焕发其青春。

到四年级下学期时，已经是1952年，全国性的“三反”“五反”开始了，四年级大部分同学都被抽出来搞运动，所以上半学期还是正规上学，下学期除还有极少的课程外，主要是做毕业论文。后来，课基本上都停了，毕业论文也免做了。

国民党走了，共产党来了

那时北平的形势是暗潮汹涌，表面上相当平静，既没有什么群众性的游行示威，也没有国民党的抓捕活动。但三大战役已接近尾声，对傅作义的劝降也有所耳闻，看来北平解放之日也为期不远了。不过，没有想到形势居然会这样急转直下。

1948年12月13日中午11时许，我正在上戴世光教授的“经济学概论”课。忽然听到大炮声响，好像就在不远处，同学们都没有心思听课了，戴教授也就顺乎民心，宣布下课。这是我们在新中国成立前的最后一课。戴世光是临近新中国成立前夕蒋介石来北京时约谈的6位教授之一，在经济学方面也是一位权威人士，好像在三青团总部里还担任过什么职务，因此在新中国成立后相当一段时间不受重视。下课后，同学们都跑到善斋宿舍三层楼的楼顶平台，看到清华园围墙外国民党的部队在往城里撤。接着学生自治会就通知同学们都把行李搬到系里，保卫系馆，防止有人搞破坏。我们就收拾行李，搬到电机馆的一楼实验室，晚上就打地铺睡觉。还分批派出同学沿着围墙巡逻，只听得外面时有马蹄声，可能是国民党的骑兵部队也在撤退吧。这一天，清华成了真空地带。

第二天，国民党炮兵开进了清华园，把大炮架在气象台下化学馆的南面，其用意很明显，就是要以气象台作为掩护，我可以打你，如果你要还击，必然要毁了校园。把破坏校园之责推给解放军。可能是各方面做了工作，而且国民党部队也怕退路被截，所以炮兵当晚就撤走了。

很快，在清华园大门看到了中国人民解放军第十三兵团政治部主任刘道生发布的布告，明确要求军队不准随意进入清华、燕京等大学，字字体现共产党对文化设施的尊重与爱护。后来才知道是毛主席亲笔拟电，以军委名义致电四野首长林彪、罗荣桓、刘亚楼和第十三兵团司令员程子华等："请你们通知部队，注意保护清华、燕京等学校及名胜古迹等。"解放军坚决执行了这一指示，在清华园外的大石桥一带同国民党军队打了一仗，解放军没有动用重武器，展开了肉搏战，死伤达300余人。

国民党的撤退，意味着清华园的解放。同学们都纷纷出去找解放军。一天下午，体育馆前忽然来了两位解放军，一位战士牵着马，另一位看来像个领导。他们是被清华同学请来的。还有一位穿长袍的老先生陪着。消息传开，顿时体育馆前围得水泄不通。这位解放军领导讲了全国的战争形势，以及东北战役的过程，也讲了为什么不立刻进攻北平，就是为了不使这个文化古都受到破坏。他的讲话，获得了大家热烈的掌声。这种讲话，过去从未听过。对全国战局，虽然也有耳闻，但出自于解放军领导之口，感到特别兴奋。接着老先生也讲了话，有些结巴。我们新生都不认得。事后才知道原来他是大名鼎鼎的理学院院长叶企孙教授，梅贻琦走后，他是清华校务委员会的主任委员，副主任委员是理学院的周培源教授。

后来，我和几个同学骑车到颐和园附近，也见到了解放军，他们很热情地留我们吃饭，吃的是小米饭，聊了聊解放区的情况。不久，地下党就组织了迎接北平解放的活动，跨院系、年级的团契活动就此停止，转入以班级为主的活动了。

1948年12月19日下午，正当我们沉浸在同解放军交往的美好回忆中，期盼着北平将很快解放的美好愿望中，下午4点左右，清华园里一声巨响，一场谁也没想到的恶行发生了：国民党的飞机居然来轰炸清华园，扔下了多枚炸弹，炸出了几个大坑，幸好都未伤人。第二天的北平广播电台竟然厚颜无耻地播出："19日下午国军飞机出动轰炸北平西郊共军炮兵阵地，战果颇丰。"真是不知天下羞耻为何物！清华教授们发表宣言，向全国和全世界控告国民党的暴行。

解放了！天亮了！向往中的新生活即将来临。过去我们曾低声吟唱的"解放区的天是明朗的天""山那边是好地方"，现在可以大声高唱了，我们这里就是解放区了，我们这里也将成为好地方了。但新生活究竟又会是什么样？人们迫切地希望了解到这些情况。很快，我们所熟悉的两位共产党领导干部来清华了，一位是荣高棠，另一位是光未然。他们都穿着棉大衣，在大礼堂做报告。荣高棠是“一二·九”运动的领导人之一。在地下盟时，曾经传阅过的《冀东行》里的那位老清华就是他，所以对作为老校友的他，大家都很有亲切感。他上台讲话，第一句就赢得了大家的掌声：“我是高棠，高棠就是我。”就像一个久未见面的老大哥。

光未然的大名早就如雷贯耳，他是黄河大合唱的词作者。“风在吼，马在啸，黄河在咆哮”，那气势浩大、慷慨激昂的歌词，激励着多少爱国志士为保卫黄河、保卫祖国，走上抗日的前线。还有那首《五月的鲜花》：“五月的鲜花开遍了原野，鲜花掩盖着志士的鲜血，为了挽救这垂危的民族，他们曾顽强地战斗不歇。”在高中时就在进步学生中传唱不衰。现在不仅得识庐山真面目，而且还近在咫尺。他本名张光年，新中国成立后历任中国作家协会副主席、中顾委委员。

那次来，他们给大家系统地介绍了国内形势，传达了北平很快就要解放的最新信息，希望同学们做好准备，到时进城去协助解放军做好宣传工作。不到一周，光未然又二进清华，同我们面对面地进行谈心式的交流，为同学释疑解难。同学们的疑问是：既然苏联老大哥对我们这么好，为什么抗战胜利后，把我国东北的设备都撤走了？为什么苏联红军军纪这么差？为什么枪杀了国民政府负责接收东北工矿企业的负责人张莘夫?

回答是苏联在二战中做出了重大牺牲，他们需要尽快恢复生产，这些设备如果留下，客观上就是帮助国民党。至于苏联红军军纪问题，那是个别现象，不能以偏概全。关于张莘夫事件也是含含糊糊地做了辩解，现在记不得当时是怎样说的了。

张莘夫是北大毕业生，后留美学习矿冶工程。抗战胜利后，被国民政府任命为经济部东北行营工矿处副处长，负责东北工矿接收事宜。1946年1月16日，张莘夫奉命带领7名工程师赴中共占领的抚顺，交涉接收抚顺煤矿事宜，在回沈阳途中，一行8人在抚顺以西的李二石寨车站，被苏联红军劫往南山杀害，张莘夫死得很惨，身中18刀，随行7人同时遇难。这一事件，在国统区引起极大反响，国民党借此发动了反苏大游行。事后，苏方说“系暴徒所为”，中共则认为系“国民党勾结日本人制造的惨案，以作为反苏反共的借口。”“文化大革命”中，1946年时任抚顺市委书记的吴亮平写过一份材料，说：“国民党派张莘夫等人来接收抚顺矿务局和抚顺煤矿。那时，我们的方针是对接收进行抵制，他们未能实现接权。没几天，他们就走了。后来，苏联红军指挥我们部队，说他们是坏人，把他们几个人杀了。此事件被国民党利用作为进行反共宣传的一个口实，迄今每念及此，我深为痛心。作为地方党委书记的我，对这一事件应负主要责任。为此，我受到东北局给的撤职处分，我做了检讨，并于1月底离开了抚顺。”对这些解释，虽然觉得说服力不强，但比起整个形势的变化来，这些问题毕竟不是主流，慢慢也就淡漠了。

所谓进城宣传的准备，首先是自己要学习当地方针政策，学习时局形势，学习毛泽东的《新民主主义论》等有关著作，还要学唱解放区的歌曲等。在此期间，解放军的文艺团体多次来清华演出，其中像大型歌舞剧《血泪仇》《赤叶河》等，主题都同《白毛女》相近，是揭露和控诉旧社会地主阶级残酷迫害农民的故事，演员们都带着浓厚的阶级感情，是进行阶级教育的好教材，而且艺术性也很强，因此很能激起同学们的认同感，但包括我在内的不少同学对农民翻身后高呼“毛主席万岁”等口号，却不大理解，甚至有些反感。为什么共产党也喊封建帝王色彩的口号？对此，光未然做了解释：他让我们设身处地想一想，贫苦农民解放前后生活状况和社会地位的鲜明对比，他们喊出这个口号是发自内心的，这个口号是解放区人民对伟大领袖毛主席心爱戴的表现，党只是顺乎民心而已，不能只看形式上的相同而忽视本质的区别。听了觉得也有道理。倒是反过来检查自己的思想了：为什么自己会有这种想法？劳动人民就从来不不会这样想。于是又提高到“阶级感情”上去了。对这个口号，很快就习惯了，最后也就成为自己自觉的行动了。好像不喊“毛主席万岁”就不足以表达对共产党、对共产党的领袖的无限敬意。

1949年1月10日，我们在做进城宣传的准备工作时，传来通知，到大礼堂开会。这次可不是高棠他们了，来的是北平军管会的文化委员会主任钱俊瑞。对他，同学们都毫无印象。但听了他的讲话，印象深刻，觉得共产党真有人才，干部讲话水平都这样高。其实，钱俊瑞不仅是老革命，还是一位资历颇深的经济学家。1929年起他就参加陈翰笙领导的中国农村经济调查，撰写过多篇农村经济的论文。以后长期从事文化教育工作，曾任中共中央华中局文委书记、新四军政治部宣传部长等职，1947年后任解放区的华北大学教务长。后来他还是第一任教育部党组书记、副部长（部长是马叙伦）。他是代表北平军管会来宣布正式接收清华的，“从今天起，清华就是人民的清华大学了”。此话一出，掌声雷动！不多久，大礼堂的“与国同寿”的牌匾也取下来了，说明了人民的清华大学不认同中华民国的那段历史。

在清华园参加的政治运动

新中国成立后，清华学生的各种社会活动较多，很多都是全校性的。这4年中，除了大学二年级安安稳稳地念了一年书，其他几年都有各种政治活动。大学一年级时，迎接解放，进城宣传；大学三年级时，抗美援朝；大学四年级时，参加“三反”“五反”运动。即使没有什么全国性的运动，平时社会活动也不少。有的同学统计过，每周社会活动时间竟然高达40小时。

抗美援朝

1950年6月25日，朝鲜战争爆发。中朝是近邻，唇齿相依，自然激起全国人民的极大愤慨。同年10月，中国派出了以彭德怀为司令员的志愿军赴朝作战，全国人民掀起了“抗美援朝，保家卫国”的热潮。作家魏巍写的一篇《谁是最可爱的人》更激起了人民群众对志愿军的无比热爱的感情，人们纷纷写信、送纪念品，捐款捐物。著名评剧演员常香玉一人就捐赠了一架飞机，响应者不乏其人。而最能体现“保家卫国”实际行动的，就是奔赴抗美援朝的第一线，清华也掀起了报名参军的热潮。

当时，我却出奇地冷静。我觉得抗美援朝，每个人都得在自己的岗位上做出贡献。过去，南下工作团只要文法学院的学生，让理工科的学生继续留校学习，现在也不至于就少几个大学生参军吧。当然，这些话我只是自己心里想着，在行动上我迟迟没有报名。后来看到很多同学都报了名，自己感到有压力了，怀疑自己是否落后了，于是也报了名，同时也做出了检讨。最后，我们班上只有刘锡卓被批准参加军干校，此后一直没有联系。

1997年，我们班同学编写的通讯《同窗寄语》出版第二期，刘锡卓写了一篇《无愧无悔乐融融》，简单地介绍了他的经历。他先是到大连海军学校学习，以后又到海军航空学校通讯射击专业学习。因他父亲的社会关系比较复杂，本人又不会“来事”，当过几回“运动员”，但都没有“挂衔”。他工作认真，能傻干，曾立了五次三等功。离开部队时，他选择了回天津老家，从工人干起，“推倒了重建”。经过几年奋斗，他自我评价：我无愧于南开人，无愧于清华人，重新实现了自己的价值。虽然这番话语焉不详，但也可体会到他的心情。

清华同学中真正参加抗美援朝并做出可贵贡献的，是物理系的张泽石。在校时，我们并不相识。20世纪90年代末，一次清华部分同学聚会时，我们得以相识。交谈之中，对他的正义感、执着精神，甚为钦佩。他的一生颇有传奇色彩。他是地下党员，新中国成立前，在校学习时，就被派回四川老家从事地下斗争。抗美援朝参军被俘，一个偶然的机会，美军发现他的英语甚好，让他担任俘虏营的翻译。他利用这一有利条件，组织反美斗争，曾参与领导劫持美军杜德准将的活动，轰动一时。他也亲眼看见志愿军被俘人员悲壮的斗争，为了坚持回国，很多人忍痛刮去美军刻在他们身上的反动标语。但回国后的遭遇令人痛心，包括他在内的所有党员都被开除党籍，非党员也被排斥在公职岗位外。他为这种不公正的待遇奔走呼号，并写出《我从美军战俘营归来》《一位志愿军归国战俘的遭遇》等书籍，披露事实真相，并寻找当时的难友，为他们讨回公道，获得应有的生活待遇和人格尊严。他虽已年满85周岁，但仍然到处奔波，2011年年底至2012年年初，他带着崔永元的“口述历史采访组”，跑遍了辽宁、河南、山西，抢救性地录制了30多位志愿军战俘的口述。

在校内参军高潮过后，校党委组织大家下乡宣传，我们这个小队是到门头沟一个小村庄，吃、住在老乡家，记得帮着垒过墙，其他记不得了。

“三反”“五反”运动

1951年12月1日，中共中央做出《关于实行精兵简政、增产节约、反对贪污、反对浪费和反对官僚主义的决定》，一场轰轰烈烈的“三反”运动在全国党政机关和国营企事业单位拉开了帷幕。

早在1949年3月，毛泽东主席就在党的七届二中全会上的讲话中指出：“可能有这样一些共产党人，他们是不曾被拿枪的敌人征服过的，他们在这些敌人面前不愧英雄的称号；但是经不起人们用糖衣裹着的炮弹的攻击，他们在糖弹面前要打败仗。我们必须预防这种情况。”3年快过去了，果然出现了这种情况。典型的是原中共石家庄市委副书记刘青山和原中共天津地委书记张子善成了大贪污犯，被依法判处死刑。开展“三反”运动，既是同贪污腐化做斗争，也是一场挽救干部的运动。

在“三反”运动中，暴露出大量的贪污盗窃与社会上不法资本家的行贿、偷税漏税、盗骗国家财产、偷工减料、盗窃国家经济情报的“五毒”行为密切相连，要彻底铲除“三害”，就必须戒掉“五毒”。印象最深的是上海一家药店老板王康年丧心病狂，利欲熏心，在为志愿军提供的医药用品中弄虚作假，致使众多志愿军伤员用了王康年的“急救包”而遭细菌感染身亡。这件事在全国引起极大愤慨。1952年1月26日，中共中央发出了《关于在城市中限期展开大规模的坚决彻底的“五反”斗争的指示》，要求向违法资本家开展一场大规模的“五反”运动。

那时，清华开展“三反”运动的主力军是谁？学校管钱、管物的，很多都成为怀疑对象、甚至是斗争对象。一下子就有好几十号人，都被集中关押在善斋一楼西侧，轮班看守需要人，调查审讯也需要人。此外，城里搞“五反”，也需要不少人。于是，学生就成为主力军。大学四年级的课程基本都结束了，主要是完成毕业论文。于是大学四年级学生就成批被抽调出来搞运动，一部分留校搞“三反”，一部分进城搞“五反”，还有一部分土木系、电机系的应届毕业生则参加新建宿舍的设计、施工。因为大规模经济建设即将开始，清华肯定会扩招，学生宿舍是首当其冲的事。新中国成立初期，可能因为经费也较紧张，自己动手，既可节约资金还可锻炼人才。新建宿舍都是三层楼的小楼房。当然，比不上原先的善、平、明、新斋等老宿舍，但毕竟是自己设计、自己施工的。更何况清华多少年来没有盖房了，看到这个场景还是很激动的。

我被分配留校参加“三反”。当时确实有一种光荣感，能够亲自参加党中央发动的这一伟大运动。还有一种是使命感，要把这些贪污分子挖出来，给以应有的惩处。但也感到自己有些力不从心，既不懂财务也不会查账，更没有这方面的经验，能不能完成好任务，也不那么自信。好在我们这个三人小组的组长是凌瑞骥，对他的能力，我是很佩服的。另一位成员是学校工程股管工室的工人党员裴全，有实践经验，干劲足。我当时还没有入党，就跟着他们学习吧。

“三反”的对象是哪些人呢？主要是学校行政部门涉及钱、财、物的，像总务处、基建处等。当时叫作打“老虎”。“老虎”是由上面确定的，被定为老虎的都集中在学生宿舍善斋一楼的西半侧，有人轮流值班看管，不得随意出入。交给我们的那只“老虎”记不得是哪个部门的了，是个一般干部。但我们手头并没有多少过硬的证据，只是个别人的揭发材料或一些怀疑线索，再就是通过查账发现的一些疑点。

当时认定“老虎”也有标准。贪污1亿元以上的是“大老虎”，贪污3 000万元到1亿元的是“中老虎”，贪污1 000万元到3 000万元的是“小老虎”。1952年币制改革时，新人民币1元相当于那时的1万元，1 000万元就是1 000元。按现在眼光看，有的简直不值一提。我1952年毕业时的月工资是47.5元，一般工人也就是三四十元。1 000元就相当于一个普通工人两年多的工资。

过去我们从来没有干过这类事，只能“从战争中学习战争”。现在回想起来，大体上有这样几种方法：

首先是顺藤摸瓜。从已有的线索或他交代的材料中跟踪追击，抓住矛盾，扩大战果。从他的交代中发现前后矛盾之处，以此作为突破口，乘胜追击，实地踏勘，发现线索。到他工作岗位，或采购物品单位，进行实地调查。然后是政策攻心。宣讲政策，指明方向。坦白从宽，抗拒从严。

这样做，多少起些作用，但效果似乎不明显。这也许是对方知道你手中没有证据，有恃无恐；或者是心存侥幸，拖延时间；或者确实是搞错了，他无可交代。

审“老虎”一般都是在深夜12点以后，有意造成紧张气氛。事先报告“三反”运动办公室，由他们通知看守组，按时把“老虎”押解到预约好的教室楼。深夜提审，对“老虎”固然有压力，但我们自己有时也因发困而精神不振，有的同学就是在这时学会了抽烟，我则坚持不吸烟，实在疲倦时就用冷水冲洗一下头部，总算过了这一关。

从宏观上讲，开展“三反”，很有必要。取得政权才三年，就发生如此众多的贪污腐化，如果不及时采取措施加以遏制，后果不堪设想。但从具体案件来说，确实值得商榷。一个大学，居然可以随意关押“犯人”，私设公堂，现在看来，确实有点匪夷所思，但在那时，却是很正常的事。新中国成立初期，国民党的法律已被全部废除，新的法律也没有制定，政策高于一切。特别是一搞运动，“群众运动就是天然合理的”。我们这些年轻人，就是在这样的教育下，经历了一次次的运动，也就一次次地接受“运动教育”，根本谈不上什么“法制观念”，更说不上要建立法治国家了。

虽然没有听说审问中有什么过火行为，但也有“老虎”不服，大声喊冤。当时外面流传一句话：“清华园里鬼哭神嚎。”我们听了却不以为然，觉得只要是组织上，也就是党交办的，就一定要办好。组织上认为有问题的，就一定有问题，证据不足不要紧，“打虎队”的责任就是去查找证据。胡适的名言“大胆地假设，小心地求证”倒是用上了，但“假设”要改成“怀疑”。记得一次我专门到同这只“老虎”有业务联系的校内另一位干部住所“踏勘”，看到他家大门上有一面镜子似的装饰物，现在想起来，可能是用以避邪的。当时我从过去看过的公案小说中得到启发，怀疑会不会是双方联系的信号，回去后向组长汇报，居然得到了称赞。当然，以后也求证不到任何根据来证明这一“大胆的怀疑”。

此外就是“政策攻心”，反复交代“抗拒从严，坦白从宽”。过了一些日子，市里召开“政策兑现大会”，地点是劳动人民文化宫。于是我们就押送这些“老虎”，从清华园坐车进城。记得主持大会的是孙国梁同志，他当时好像是市委委员，后来在中央党校工作，当场宣布抓一批、放一批。但回来以后，似乎也没有见到有多大效果。现在记不得我们负责审问的“老虎”，究竟贪污了多少，最后怎样结局，全校、全市的“三反”，也都没有印象。好像并没有那种战果赫赫的成就感。这些案件是怎样结案的，现在想不起来了。好像也没有听说真正打出几个大“老虎”来。

在毕业证书上盖章的两位校务委员会主任

运动还没有全部结束，我们就要毕业了，离开这令人怀念的清华园。清华解放时，梅贻琦校长就离开了清华园，校长一职一直空缺。梅校长，我根本就没有见到过。清华园大炮响后，他就进城了，以后就飞离了北京。不过，听说他当时并没有去台湾，而是从香港到美国，直到1955年，才奉命去台湾创办台湾清华大学。在清华，师生员工无不敬重梅校长，他掌校17年，是清华历任校长中任职时间最长的。这不仅同他的办学理念有关，主要是他的人格魅力。尽管当时我们并不太了解，后来听一些地下党的同学说起，尽管他不同意你的政见，但他毫不犹豫地顶住来自国民党地方军警特务的压力，保护学生免受迫害。至于一些“小事”更让人感动。抗战时，在西南联大，他作为校长，家庭经济也十分拮据，他夫人韩咏华自己做了糕点，摆摊贩卖。他的孩子考清华以几分之差，就是不予录取。他临终前放在身边的一个小包里面就是他经手的清华庚子赔款基金、账单，笔笔清楚。据说，梅贻琦离开后，周恩来曾说过：梅贻琦何必走呢。还可以继续当他的校长嘛。这足以说明梅贻琦在中央领导人心目中的地位。但如果他真的留下来当校长，他能舒展他的抱负，实现他的办学理念吗?

2009年3月，我们同班同学7人及家属等，一共12人，去台湾旅游，事先同台湾新竹清华电机系联系，去参观台湾清华大学。台湾清华大学负责接待的社团的两位女生陪同我们参观，首先带我们到“梅园”。“梅园”两字，是于右任题写的，梅园是清华为梅贻琦所建的墓园，墓的上方正面是蒋介石的挽额“勋昭作育”四字，下面是蒋梦麟撰写的碑文，陵墓盖板上是罗家伦题写的“梅校长贻琦博士之墓”。我们7名清华学子在老校长墓前三鞠躬致敬。陪同我们敬谒陵墓的女同学骄傲地同我们说：梅校长是我们永远的校长!

梅贻琦走后，清华成立了校务委员会，主任委员是叶企孙，副主任委员是周培源。我们的毕业证书就是盖着他们两位的印章。1952年夏院系调整时，他们两位物理系的教授都被并入北大物理系，此后周先生曾担任北大副校长、校长。他在科学上的成就固然是举世闻名，有目共睹，但他那种坚持真理，不随波逐流的精神更值得钦佩。1972年，还是在“知识越多越反动”的年代里，他上书给周总理，强调要加强基础理论的研究，分析了中国基础理论研究落后的基本原因，提出了相应建议。后来，此文经改写后，以《对综合大学理科教育革命的一些看法》为题，刊登在《光明日报》上，对推动当时的“教育革命”走向健康之路起了很大作用。他为人谦虚，身为校务委员会副主任委员，即使同我们这些学生讲话也是谦虚有加。在我参加“三反”运动时，一次，记不得是什么事，他到我们这里，开口却自称“兄弟我”，充分反映了他的“平等观”，但使我们有受宠若惊之感。

但是说到主任委员叶企孙老师，却难掩悲痛之情。这位被尊为“大师的大师”的大科学家，在被并入北大后，再也没再担任任何行政职务。叶企孙是1918年以留美公费生赴美学习物理的，是20世纪20年代的哈佛博士。他在1925年创建清华大学物理系，在不到十年的时间里，就让清华大学物理系名列全国前茅。清华理学院也是他在1929年创办的，他可以说是桃李满天下。在23位“两弹一星”功臣之中，有9人是他的学生，有2人是他学生的学生，其中，就有王淦昌、赵九章、彭桓武、钱三强、王大珩、陈芳允、邓稼先、朱光亚、黄祖洽、周光召、唐孝威等。李政道以大二学生身份赴美读博，华罗庚以一个初中生得以进入清华数学系，都得益于他的推荐或同意。我第一次见到他，是在体育馆前他陪着解放军领导，穿着一件长袍，像一个土老儿，讲话好像还有些结巴，一打听，原来是大名鼎鼎的清华理学院院长叶企孙。

他还积极支持解放区的抗日活动。他的得意门生熊大缜毕业后，叶企孙原来打算保送他到德国留学，但他一心想参加抗日。在叶企孙的支持下，熊大缜前往冀中，后来担任冀中军区供给部部长。他们利用专业知识为根据地制造烈性炸药、地雷、雷管，叶企孙还支持熊大缜购得制作炸药的原料和无线电等军需品运往解放区。但后来熊大缜被诬陷为国民党中统特务而被处决，叶企孙也因此受到牵连，这就是为什么他到北大后没再担任行政职务的原因。“文化大革命”中，他还被诬陷为中统特务，因此被捕入狱一年半，又受红卫兵的批斗，备受折磨。它孤身一人（始终未婚），带着病体，踯躅街头，以乞讨为生。一代大师，竟落得如此下场！不亦悲乎！

在美丽的清华园待了4年，终于到了告别的时候。1952年，我们毕业了，走入了人生的新阶段。

新中国成立初期的大学生涯，同五四运动时期的思想启蒙时代，同抗日运动时期的救亡时代，同解放战争时期的反美蒋时代，有着相同和不同的地方，它打上了革命胜利和社会大变动的时代烙印。

薛传钊：一个人的四海飘零

文/薛传钊

我出生在上海，但不到四岁就离开了。随着父母工作的变化，我也跟着他们在不同的城市停留。

入读武汉圣约瑟女子学校

1936年夏，我们全家，即父母、大姐、大弟和我都搬到了汉口。我还记得当时的住址是：汉口黄陂路协和里9号二楼。房子是一房一厅，还带有一条走廊似的狭小的阳台。

我快6岁了，是该上学的年龄了。不知为什么，父母专门找了一间“为难”我的学校。一是学校离家很远，每天来回在路上要走1小时40分钟左右。好在大姐也在那里上高中，每天她带着我往返。二是学校管理很严，是由意大利修女们开办的天主教女子学校。全校教师（除语文教师外）和工作人员全是洋人。三是小学部3~6年级全部讲英语，2年级则是中英文混合教学。没有一年级。后来才搞明白，当时在汉口中学兼办小学部的学校并不多，从小学就开始用英语教学的更少。加上教会办学，学费比一般学校便宜，而教学质量不差，管理严格，因此家里选了这间叫圣约瑟的女子学校，让我启蒙。

我一进去，就被安排在三年级试读。第一件事就是告诉我在学校里不许讲中国话，只能讲英语，如果不会讲可以到讲台前向老师提出自己想干什么、想说什么，问英语是怎么说的。这下可把我吓坏了，第一次踏进学校，看着那个穿着黑袍、戴着黑头罩、脸无笑容的老师，在讲台上叽里咕噜，说些什么一点也听不懂，甚至连下课也搞不明白，只好独自坐在位子上。到第三节课了，我就想上厕所，但又不会用英语去问老师，也不知道厕所在哪里，直到实在忍不住时，就在座位上方便了。坐在我旁边的学生立刻举手向老师咕噜了一阵，班上的同学立刻哄堂大笑。老师立刻用尺子在桌子上敲了起来，不许大家笑，而是叫一个比较大的学生领我去厕所解决问题，并安排她告诉我上课的一套规矩，甚至帮我翻译、做作业等。我坐在第一排，有时老师也过来照顾一下。毕竟从未上过学的孩子，一下子上三年级真是太费劲了，所以过了几天就让我到二年级那个班去上课了。尽管也是穿黑袍（有时穿深咖啡色袍）的修女当我们的老师，但她那深褐色的眼珠，比原来那个浅黄色眼珠的老师的眼光要和善得多，她还会说中国话，让我们叫她"Sister"。她知道我是从未上过学的孩子，也不懂英语，所以经常会关照我这个糊里糊涂的新学生，并不时鼓励我和同学们一块玩。班上的孩子似乎不全是中国人，人数不多，但讲着各种各样听不懂的话，但大部分都会用汉口话来交流的。这位Sister似乎一直陪着我们上各种课程，有时她也上一些课，还督促我们在课堂里做各种作业直到放学。我还记得，在课堂里，每天练习写英文字母，练一个字母要写满一页纸，从草楷到正楷，从小写到大写，此外还要学英语的发音，每天只教一点点，反复地练习，根本不教字，两个学期都是这些。国语就要求背课文，要背得烂熟，还要默写出来。直到现在我还能记得那些背得烂熟的课文，连我家人都听得会背了。当然还有算术课。每天除了这些主课外，还有一些辅课，如领我们到操场做操、做游戏、跳舞，还领我们到校内的天主小教堂里学唱歌，听《圣经》里"旧约"中的故事，看修女们读经做祷告的仪式等。有时还要教一些简单的针线活，如绣十字花等。学习的内容还是相当丰富多样的。

我每天一早跟着大姐姐，提着一只小书包，连颠带跑地赶着上课，一般都是正点到校。中午则在学校的食堂里，等大姐下课一块吃饭。午饭是自己从家里带来的，因不能加热，所以大部分时间是带几块面包和一小盅菜，吃完后用小盅盛满一盅水喝。学校规定每逢星期五是不容许吃鱼的，所以一定要注意那天不能带有鱼类的菜。因为小学放学时间要比中学早，这样，我每天下课后常常会到操场里一个人背课文，或一个人玩滑梯，或者去看学校里养在笼子里的火鸡、番鸭以及各种鸟儿，有时则到琴房周围听别人练琴。总之，挺能一个人消磨时间的。

有一天，中学部放假，但我们照旧要上课。其实只上半天课，我却没有听清楚。早晨姐姐送我到校后，并交代我自己好好吃午餐，下午三点来接我。谁知上完课后，饭厅、教室……都上锁了，人都走光了。我只好拎着书包到操场，一边在跷跷板上玩，一边吃午餐，也不知玩了多久，打扫操场的老修女发现我一个人还在那里玩，她走过来问我为什么不回家，学校要锁门的。我告诉她要到三点钟家里人才会来接我。她不紧不慢地把我哄到校长家去了。问清情况后，这位校长老太太倒挺和善，问我记不记得自己家的门牌，我告诉她我认得回家的路，只是家里不让我一个人走就是了。她立刻带我坐上她自己的黑色包车（当时私人用的包车是黑色的人力车，街上乘客的是黄色的叫黄包车），由她家的车夫送我回家。那天我挺高兴的，因为能坐上那种黑色的人力车，就像现在能坐上小轿车差不多。在车上还有用脚踏的铃铛，虽然路上没有什么障碍，我忍不住要去踩几下，让它不停地发出“叮”的声音。到家门口了，拉车的“大叔”把我送上楼，把我交给家人后才离去，十分认真。

自从发生这件事后，家里反而觉得比过去放心，觉得这个孩子已经长大一些了，胆子也见长，大概不至于一个人在外面会丢失了吧。

我在圣约瑟女子学校整整读了两个学期，读完了小学二年级。从此，我对上学读书不再是那么陌生了，一年来也能拿到可以让大家高兴的成绩。尽管只有一年，但这是我一生中比较重要的启蒙教育时期。

被战争打乱的童年

1937年“七七卢沟桥事变”给我们的国家，以及每个家庭带来了震撼和灾难。那个时候，尽管我不会看报，也不懂得为什么要打仗，但战争的苦难却在我幼年的脑海里留下了永不磨灭的创伤。对一个只有七岁的孩子来说，只能从被打破的日常生活中去体会时局动荡给家里带来的苦难，从感性上去认识日本帝国主义、日本强盗发动的残酷侵略战争，是怎样无情地打击着我童年的心灵。

“七七事变”后，暑假也结束了，但我和姐姐都不能继续上学了。是什么原因我搞不清楚。是不是那些意大利修女都回国了？学校关门不办了？搬迁了？谁知道。总之我只能待在家里，只有弟弟还继续到一墙之隔的青年会小学校里上学。我家小客厅的窗户正好对着学校的大操场，在那里除了可以看到小学校的同学们在那里做操、打球、玩耍外，还可以看到经常有不少青年人在那里集会，有人在讲台上演讲。有时我们会跑到青年会门口，看看贴在墙上的海报。大部分是关于抗日的演讲会海报，有时会有一些名人来演讲。有一次大姐就告诉大家是“七君子”之一来了，我们可以去听听。当然，我并不知道什么是“七君子”。只要是这类情况，操场上会聚集很多听众。

由于我和姐姐没去上学，生活的秩序确实有点乱。闲来无事也会随母亲到附近菜市场里买点菜，帮着摘菜，做点家务。偶尔也会练练毛笔字……一切都是在母亲安排下才做的。但是每天照例要做一件事，那就是经常要从家里拿一分钱投入青年会大门口设置的捐款箱里。因为为了支持抗日，人人要做到“有钱出钱，有力出力”。家里让孩子们亲自去投币捐款，使小孩子也懂得为抗日出一分力。吃完晚饭，我们兄妹几个都要坐在一起学唱抗日歌曲。我们寻来了《大家唱》第一、二册。我记得打开第一页就是《义勇军进行曲》，还有《松花江上》《大路歌》《大刀进行曲》《毕业歌》等。从中也知道了一些曲作者和词作者，如聂耳、田汉、张定和、冼星海、黄自……都是那个时候的知名人士。我们在大姐姐的带领下，看着乐谱，一句一句地学唱。在那一段时间里，几乎两本《大家唱》都能从头到尾的，一首一首唱下来。有些歌连我父母也学会了，跟我们一块唱，煞是开心。在学唱中，让我们两个还有些不太明白的孩子，也能从中领悟一点爱国精神，感受当时全国救亡图存的抗日气氛。

已经是秋天了，汉口市开始了防空演习。有时是白天，有时在晚上。我们第一次听见“呜呜”的警报声在全城响起。这种声响使我心中感到有说不出的难受。一次又一次地让我们识别什么是“空袭警报”“紧急警报”“解除警报”。同时，要求人们在自己家的玻璃窗上贴X字形的纸条以防止玻璃震破。还要求给电灯做上一个“黑罩”，晚上发出警报时，所有室内灯都得关闭，只有在十分必要时才可以打开有黑罩的灯。这时，全城变成了黑暗世界。这种防空演习让我们这些孩子也深感战争已经来临。大人们谈论着前线打仗的消息，我们也会竖起耳朵用心去听那些似懂非懂的战讯。

初次闻到火药味

真正的空袭终于开始了。空袭既是战争的一部分，也是侵占的前奏。大部分空袭出现在白天，除了父亲仍是一早照常去上班外，当警报响起，全家只能在家里待着，弟弟也从学校匆匆忙忙地回到家里。紧急警报响过后，街上是没有人行走的。很快就有敌机飞过来，接着投弹的爆炸声，一个接一个，偶尔还可以看到滚滚的浓烟。我们不知道炸弹投向哪里，也不知道死伤和损失，可能被轰炸的地区离我们的住地比较远吧。只有等到第二天看报纸的报道，才知道一二。一开始，我们遇到警报还是有点紧张和不安。后来，空袭次数多了，也有点习以为常了，也就镇静地在家照样干那些孩子该干的家务活。

有一天上午，我独自一人到书店买铅笔，买完后，站在书架前翻看着新书。突然，警报响起，书店的职工，立刻把客人请出去，准备关门、关窗。街上一片混乱。店里的售货员看见我一个孩子还在那里发愣，就问我家住哪里，路远不远。因为紧急警报相隔时间不是很长，而10分钟回不到家就会被拦在马路上，也不安全。好心的售货员就让我留在书店里不要乱动，等解除警报后再回家。我在那间暗暗的书店里等着。那次轰炸离书店很近，响声很大，整个房子在颤动着，不知是谁把我拉到墙根蹲下。一直等到解除警报、敌机的轰鸣声消失后，大家才松一口气。但是街上大呼小叫的声音不断，还有救火车接二连三地驶过。我们知道附近一定有挨炸的。店里的人再三叮嘱我不要在路上玩，快回家。一走出来，只见街上乱哄哄的人群，还掺杂着呼号声，我贴着墙边往家跑。但走了不远，路就被堵住了。一片塌下的房子，有的还燃着火。抬头一看，电线杆上“沾”了一只血肉模糊的手臂，是那么惨不忍睹。在被炸的房子周围还有被炸死炸伤的人们。我再也不敢走近了，立刻绕道，奔逃回家。

家里也正着急，担心我在外出事。回家后，我把一路上的所见所闻，一五一十地诉说出来。从此以后，家里再也不让我一个人上街了。但战争带来的恐怖和残酷，包括那只断臂，在我记忆里总也挥之不去。

热闹非凡的难民之家

汉口的空袭警报越来越频繁，被轰炸的地区越来越多。为防不测，家里决定尽量让孩子们撤离。当时正好二姑母一家已经从广州转移到广西的八步。那是一个不起眼的小城市，是广西锡矿的产地所在，又不在交通干道上，所以从来没有敌机的骚扰。经过同二姑母商量，决定由母亲领着一群孩子——二哥、大姐、我和弟弟，还有姑父的一些亲戚，开始我们集体逃难的历程。

我们一行终于到了广西东北角的八步，并在二姑母家落脚。

二姑母家只有姑父、表姐和我的小姐姐，这是我们第一次见面。小姐姐薛传介比我大七岁，是我们家个子最小的一个。父亲因为家中孩子太多不堪负担，五岁左右就把她寄养在二姑母家中。他们一家本住在香港、广州一带。在广州工作时，由于日寇轰炸不断、时局不稳，才迁到远离大城市的这个山区小城里来的。这个小城是随着四周盛产的锡矿、钨矿等的开发逐渐发展起来的。二姑父很快在一间侨商投资的利薄锡业公司内任经理。为了安排各地逃难来的穷亲戚们，二姑母在八步城里租了一间有二层楼的木板房，房间用薄板隔成一间间小卧室，仅能放进二张单人床，较大的就算是饭厅了，但晚上我们仍要打地铺住人。楼上是二姑母和我们全家住的，楼下是姑父的亲戚住的。因为人实在太多，吃饭时只能每人分一小碟菜，米饭由各人自己盛，管饱。当时二姑父要到矿区去上班，不常回来。其余都是“无业难民”，其中大部分是孩子，一时也无法上学，住在一起真是热闹极了。姑母虽是留美的教育博士，但她也难以安排好这一大群大小不同、认知程度不同的孩子们，而且还要张罗十几二十口人的生活。她只能要求大孩子要带好小弟弟、小妹妹。年龄最大的是二姑母的女儿林明慧，她刚获得岭南大学历史系学士学位，由于成绩优异，可直接保送至英国剑桥大学深造。但因抗日战争而未成行。她负责教大家讲英语，“下课”时她还会给大家表演“草裙舞”，晚上则领着大家做西点。因为没有烤箱，二哥就带头用洋油桶改装，领着一些“小的们”，又敲又打地做了一个烤箱。大家听着“老师”的指点，按着“洋文”的配方，七手八脚地操作起来。做成后，一人只能尝“小指头”那么一点点，但大家都觉得十分高兴。因为做西点的原料匮乏，改由二哥带着大家做手工。表姐则为我们缝衣服。天气好的时候，表姐领大家到河堤上散步，会游泳的则带着改制的泳衣在河里游个够才回家。

晚上是我们聚在一起最高兴的时刻。大人做了一天的家务劳动，也跟大家在一块聊天休息了。这时姑妈会教大家欣赏月亮，欣赏星座，讲一些我们从来没有听过的天文知识，如星座的名称、结构、运行规则，一些传说、神话等。有时，哥哥姐姐们也会讲一些《天方夜谭》中的故事。其中，有一夜是林家的四叔、五叔给大家讲述他们在东京大地震中失去父母、姐妹的亲身经历。那是1928年的事了，天还不亮，突然地动山摇，大家还不知是发生什么事。很快灯全熄灭、房屋倒塌，惨叫的声音四处响起。他们牵着父母的手摸黑走出木屋，既站不稳也看不清，随着人群不知走了几条街，然而地面却突然裂开了一个大口子，瞬间，走在前面的父母都掉进了裂口里，几个孩子奋身趴下，用尽全力也拉不动，很快路面又移动了，裂口又无情地合拢。当他俩醒过来时，也搞不清自己怎么居然还活着。他们一家七个兄弟姐妹，老大（即二姑父）在太平洋彼岸，其他都在东京。八口之家，最后只剩下四个了。说来极为惨痛，接着海啸发生了……他们把珍藏多年的大地震相片拿出来给我们看，并逐一给我们讲解。当年的惊吓和刺激，致使五叔一度精神失常。20年后，提起大地震，仍满脸淌着眼泪，浑身抖擞着，我们从眼前的一幕，也可以想象出，当时的可怕情景。我记得第二天早晨起来，大家都说一夜没有睡好，似乎日本大地震的惨状不断在梦幻中重现在我们面前。

在八步二姑母家的“难民之家”相聚的时间并不长，各地来的亲戚也是出于无奈才给二姑母家添了这么大的压力。在此期间大家都在努力寻找出路。不久，各自找到出路之后，就陆陆续续离开了。我记得二哥是只身去闯荡的，他历经艰辛到了四川的江津一带，最后，他跟随著名女高音歌唱家喻宜萱（新中国成立后任中央音乐学院院长）学声乐。大姐则到桂林上高中。母亲带着我和弟弟在八步单独租了一间房暂住。住地附近还有一所小学校，只因在学期中间不安排插班生，我和弟弟也失去了继续上学的机会。而姑母一家则搬进了矿山，以便让二姑父能在矿山上边工作边休息。他们的“新居”，我们也曾去过，那是在小山边上自己设计建成的树皮加木板的小平房，非常别致。房顶和墙都是用树皮铺盖而成的。房间的地面和隔墙是用木板做的。小巧玲珑，十分好看，而且都是就地取材。小屋周围有大榕树遮着，空气新鲜，四周安静，却有鸟语花香。我们非常喜欢到这间木屋里玩。只是矿区离城里很远，交通很不方便。我们在八步逃难的日子并不算很久，然而期间发生的“故事”让我们深深怀念，难忘。虽是逃难，但对孩子们来说，一切却是那么新奇、充实、开心，在以后的日子我们都会兴奋地回忆起那些往事。

父亲自制“咖啡糖”

八步这个偏僻的小城似乎与外界隔绝，消息不灵，对各地抗战的情况也不太清楚，战争似乎离我们“很远”，“太平日子”过得很平静。但是父亲已经在武汉沦陷前随着平汉铁路局的员工们撤到桂林（武汉市是在1938年10月被日寇占领的）。父亲的任务就是办理平汉铁路的结束善后工作。既然我们两个孩子在八步不能上学，就决定全家迁到桂林同父亲会合。

到了桂林，好像又回到当年“武汉式”的战争大后方了。当然桂林要比武汉小得多，也没有那么繁华。但自从武汉失守之后，桂林已经变成当年的抗日大后方之一了。

由于桂林频频被敌机滥炸，给人们带来了恐惧和烦恼。父亲还是下决心让我和弟弟，随母亲一块，同二姑母一家到广西南部的小城——龙州暂住。

到达龙州后，龙州又开始被敌机轰炸了。经验告诉我们，只要敌机连续不断地轰炸，一直发展到狂轰乱炸，也就是预示大家，这是战争临近的征兆。这时，在桂林的亲友们，还有父亲、大哥等，不断催促我们赶快离开龙州回桂林。于是，我们又匆匆忙忙地拾起行李向北逃去。仍然跟过去一样，挤上汽车没日没夜地任其颠簸，才抵达桂林。

我们回到桂林后，父亲已经完成了平汉铁路局的“收尾”工作，但一时难以找到新的工作。还是二姑父想办法，介绍他到原二姑父工作过的那家利薄锡业公司当会计，以解糊口养家之急。因此我们一家又回到了八步，并全家在矿区落户。

作为知识分子，家长们不能安排自己的孩子到正规学校里上学，是十分内疚而无奈的事。为了一家的生计，他们在山沟里没日没夜地干活，虽然很忙、很累，但仍然在想尽办法，努力传授给我们一些文化知识、生产知识以及生活知识。我父亲一向沉默寡言，脾气倔强，不善言谈，很少与外界交往，也很少同孩子交谈。但他对孩子要求很严苛，要求我们长大后为人一定要正直、诚实、热心助人等，我都是从他对我哥哥的态度中看到的。在抗战以前，由于我们年龄太小，他不会同我们多谈，战争爆发后又经常分居，只有到了矿区，在一起生活后，我们才从接触中逐渐了解一点他的个性和特点。其实他非常喜欢孩子，他老惦着让孩子们过得平安，过得健康，过得开心。在有限的物质条件下，他也会忧心孩子们一直吃不上糖果。有一天，他告诉我们，他要做一种非常香的“咖啡糖”给我们吃。其实矿山里根本就没有咖啡。他抓了一把黄豆放在锅里，用文火炒得焦黄焦黄的。然后找出一个方盒子式的咖啡磨子，把焦黄的豆子磨成粉，然后熬了一点红糖，又放这、又放那。搞了半天，最后把磨出来像咖啡色，又有点香味的豆粉和红糖拌在一起，倒出来切成小方块，就成了“咖啡糖”。我们吃得开心极了。其实我们当时也不知道真正的咖啡是什么味的，只是边笑边咬，吃个没够。而父亲则坐在一边，闷声不响，看着我们那个高兴的样子，他也会心地笑了。说实在的，在矿山里有一些新鲜活儿，如做火腿、做腊肠、熏肉……家里人从来就没有做过，又不像现在可以买到烹调书。但父亲总会自己专心去琢磨、去试验，直到自己动手做出来为止。所以我们老希望他能想出一些新点子，做一些新鲜玩意给我们玩，给我们吃。

在矿山里我们接触不到什么音乐、美术、体育之类的知识。有一天，父亲带我出去散步。一直走到一个比较偏僻的地方，那里有一块空地，边上有一根铁棍子架在两根木柱子顶端，我不知道这是干什么用的。父亲问我，你知道什么叫单杠吗？我摇摇头。他详细地给我讲解了一番，并告诉我在单杠上可以做许多动作，但双臂必须要有力量，也要懂一点技术要领。于是叫我站在一边，注意看。他轻轻地跃到那根铁棍子上，从最简单的动作做起，一边做、一边讲。玩了一阵，歇了一会就说再做一个比较难的，也比较好看的动作给我看，那动作叫“大风车”。只见他轻轻地引体向上后，开始在“杠”上转起大圆圈，就在用力转了两个圈之后，那条横杠突然从柱子上连人带棍子一块“飞”了出去。这突如其来的事故，把我吓呆了。我不知如何是好，只见父亲坐在地上，双手用力捂着胸部（是铁棍碰击了胸部），他咬着牙、紧闭着嘴、半天没吭一声，看来挺痛的，他却强忍着。过了好一阵，他才慢慢地站起来说，可能是把肋骨撞裂了，不碍事的。我们慢慢地走回家去。路上他再三叮嘱我，以后你自己不许爬上去玩，因为铁棍子没有固定牢，所以才会发生这种事。不要把今天发生的事告诉任何人。我再三问为什么。他说，这里没有医生，说出来除了让大家担心，且并不能解决问题。再说这不过是“裂开”而已。不管是骨折还是骨裂，只有固定好伤处让它自己长上，也没有别的办法。如果是严重的骨错位那就不同了。所以一定要“保守秘密”。我还是答应了。

从这件事后，我更佩服父亲了。我原来知道他足球、垒球等运动非常出色，但不知道他有那么一套玩单杠的本事。其实那年他已是五十多岁的人了，还能轻松地做着长期不做的动作。他受伤后的想法也使我更进一步看到父亲的为人，让我懂得处处要为别人着想，懂得遇到困难要自己想办法解决，不要给别人添麻烦，不要让别人为你操心。他特别指出女孩子一定要克服依赖心理，不要那么娇滴滴的，让别人同情、可怜，那样是最没有出息的。长期以来，父亲的身教和平时的言谈，对我有深刻影响。

战争中的大家庭

在矿山居住期间，我曾经两次离开父母，独自在外生活。二姑母和父母都认为在矿区不能让孩子上学是件憾事。恰巧在离八步不远的贺县郊外，新成立了一所临江中学。学校刚刚成立，挺不正规。全校只设高中一年级和初中一年级。因离市区远，学校师生全部住校。这两个年级既不适合我，也不适合小姐姐。我不清楚姑母是怎样说服校方，让他们同意我俩到学校试读的。其实我那时大约10岁，严格说只读过小学二年级。就这样，我和小姐姐就乘长途汽车去“上学”了。

那是设在祠堂里的学校。教室设在昏暗的祠堂中厅，放着破旧的长条桌子和长条凳子。学生不多，但还得好几个人挤坐在条凳上。吃饭是在一块草地上（后来才有桌子），让大家蹲着或站着吃。总之，一切显得简陋、无序。我们两个是“特殊”学生，而我又是全校最小的学生，所以学校安排让我住在教务处一位老师的房间里，她住下铺，我住上铺。早晨6点钟就吹响了起床号，我却睡得死死的。学生们一早起来要进行军训，先是打上绑腿、升旗、做操、跑步。我当时体弱，也未长高，只用半条绑带就够了，把腿绑成一根“小竹笋”似的。但走不了几步路，绑带就全脱落下来了。跑步时我总也跟不上。因此学校就免了我的军训课。上初一文化课时，我总在最后一排找一个角落坐下。因为上数学课就像在听天书，语文课讲文言文也听不懂，写作业是干瞪眼。只有历史、地理课等一些非主要课，我听得懂，也爱听。后来，干脆听得懂的课就听，懂不了就溜出去玩。我不知道小姐姐是怎样上高一课的，不过我没发现她溜出来，她也不知道我在逃课。同房间的老师也常常问我一天是怎么过的，我也如实地告诉她。她知道我一个人常溜到野地玩，担心我玩丢了。于是她想了一个办法，找了一些色彩鲜艳的布条，教我用布条编织凉鞋，鞋底是木质的，鞋面是编织的。这样，我又有一样新鲜的玩意儿做了。有时甚至编得忘了去听故事课（历史课）了。

每周周末，我同小姐姐都会回到八步二姑母家中。大概过了一个月左右，姑母认真地问我们两个在学校学得怎样。我说在学校挺好的，可以听故事（历史、地理课），可以自由地到四周野地里玩。在那里可以拾到各种各样太平天国的钱币，有的埋在地里，很容易被挖出来。在田地还有几尊长了锈的“火炮”（据说那个祠堂曾经是太平天国时期的军队驻地）。晚上，可以跟同学到田边抓蟋蟀。老师们摸了田螺，炒熟了当宵夜，还让我吃呢……总之是一个挺好玩的地方。我不记得小姐姐是怎么说的。过了不久，二姑母就不再让我们去当这种“自由学生”了。这时，姑母一家又从八步迁回桂林，小姐姐也随他们去桂林上学了。而我又回到了矿区的家中。

我第二次离开父母是到桂林蓉荫路二姑母家暂住。确实，二姑母一家同我们家一直是亲密无间，同甘共苦的。由于二姑父长期被高血压、心血管病所困扰，这时二姑母、表姐她们俩为维持一家（包括我们家）生计而千方百计去找工作。她们多在教育部门任职，有时在教育研究单位，有时在广西大学或大学先修班教授英语等。当时我的两个姐姐都在桂林上中学，一个是高中生，一个是初中生，都是走读。大哥已经从太行山区打游击回到了桂林，身体十分虚弱，得了很重的胃病。但他工作极忙，也没有准确的上下班时间。我是住在那里的唯一的“大闲人”，特别是白天，我感到非常寂寞。因此，大哥想了一个主意，白天带我到救亡日报社开设的书店里，让我待在那里看书。不过那里的儿童读物很少，别的书我也看不太懂。书店的顾客大部分是年轻人，来看书的多，买书的少。店里工作人员很少。因此，大哥叫我帮忙干点事，如包一下顾客要购买的书。但我笨手笨脚，常常半天包不上一本书，好几次顾客等得不耐烦了，客气地说："不用包了，就这么拿着也挺好。"旁边的人看看我都笑了。此后，我就不愿再"帮"这个忙了。大哥又想了另一个办法让我"消磨"时间。他找了一本儿童读得懂的《野小鬼》给我看，讲的是新中国成立区贫穷孩子的经历。这是我第一本读完的故事书，也是我第一次知道新中国成立区的故事。同时他让我帮他整理报纸。这些旧报纸胡乱地堆在报社里，也有堆在家里的，多极了。当然他得教我如何整理。如按报的种类、日期顺序，一个月一个月地分类折叠好、放整齐。看来这件事我能胜任，而且做得很认真。偶然，大哥在休息时会教我一点算术，他并不知道我的知识水平和算术程度，一上来就要教我学代数，说学了代数什么鸡兔共笼之类的难题，一会儿就解决了。我听了半天直发蔫，因为我既不会鸡兔共笼，也从未听说过什么代数。最后他只好笑眯眯地说，快点长大吧，小迷糊。那是我唯一与他相处较长的一次，熟悉了他的生活习惯，也知道了一点他的为人、他的性格。

他是我们家的大哥，因此他对弟弟妹妹们都非常谦让、照顾，从来不会跟大家争吵，也不会以教训的口吻跟我们说话。他酷爱读书，不跟大家闲聊。聊天对他来说就是浪费时间。平时他很少说话，说起话来节奏慢，非常慢。对一些小事总是呵呵一笑，一切在一笑中拂去。他不计较生活小节，穿着十分简朴，但不整齐。报社里的同事都知道他的"特点"，每天手里托着一本书，坐着看、站着看、边走边看。同事们叫我注意看他穿的那双鞋子和袜子，原来两只脚跟就在地上蹭着，“托落、托落”地拖着那双已很破、很旧的鞋在走。他的上衣又破又旧，只剩一颗扣子了，但他也会照穿不误。他的牙刷已经只剩几根毛了，还在用。他的午餐经常是买点面条煮一下，没有佐料，他会撒点红糖拌一下，就对付了。同事们提醒他要注意营养，他有一次去买了两根腊肠，边走边看书边吃。同事们说那间店只卖生腊肠，你怎么吃的？他才恍然大悟，原来把生腊肠都吃下肚了。其实他并不糊涂，只是注意力没有放在生活细节上罢了。表面上，他浑身脏兮兮、破衣烂衫的，其实他记忆力非常好，看书飞快，写东西也很快。他写的东西整整齐齐，蝇头小楷，既流利、又漂亮，一页又一页，一本又一本，保存得非常干净、整齐。他的同事都说，你大哥可有本事啦，博学多才，就是不修边幅，不注意饮食。正因为这样，他的身体越弄越糟。他听了这些，又是呵呵一笑，只管抽他的烟，看他的书。

他一生没有成家，身边也没有亲人照料他。他把毕生的精力和时间都投入了学习和工作。由于他长期从事地下工作，所以他从不谈及自己工作的内容，当然我们也从不去多问一句。到了今天，我们几个兄弟姐妹才不无遗憾地感到，对大哥了解得太少了。我们只知道，他肯钻研，又有一双灵巧能干的双手。当他因病住院时，会热心地帮助医院把仪器、医疗器械进行改进、修复。医院里的工作人员、医生、护士对他倍加称赞。由于他有这些功底，20世纪50年代时，由他领衔在科学仪器厂里研制成了我国第一台电子显微镜，并获得了国家科技奖。过了几年他因腹膜炎住院，我去南京看望他时，他兴奋地让我到厂里参观他那台付出毕生精力的产品。谁能料到，那是我最后一次与他见面。几年后，还不到50岁的大哥就谢世了。大哥是父亲最钟爱的儿子，又是我母亲最倚重的亲人，是所有弟妹及家族中最敬佩的榜样。

在二姑母家中，大姐姐、小姐姐和我住在同一间房间。但她们一早就去上学，晚上才回家，晚饭前后还要忙于做作业。因为忙，毕竟她们俩比我大上7~12岁，所以很少跟我聊上几句，也许是因为我太小不懂事的缘故吧。她俩做完作业，或者在周末时，互相总在谈论抗日宣传的事、演活报剧的事。特别是大姐，一有空就要高声朗读或背诵剧本里的台词，有声有色，十分投入。我十分佩服她能旁若无人地在大庭广众下演戏，充满了抗日的激情。后来我才知道，是大哥让她利用课余时间去参加“救亡运动”的。她不但要承担一些小型剧目中的角色，还能在焦菊隐导演的指导下，担任《日出》《蜕变》《在松花江上》等剧目中的重要角色。小姐姐虽比大姐姐较为腼腆，但她也要为救亡而表演，担当一些角色。因此她们俩人之间常有讲不完的见闻，只是我当时还听不太明白而已。

那时的桂林，确实已不像我和父母住在那里躲警报时的情景。虽然偶然也有警报和空袭，但比以前少得多了，市面上也比过去兴旺，抗日宣传的气氛，比过去浓多了。这种状况一直延续到皖南事变，才出现了明显的变化。当时组织上已发现大哥被“盯梢”的情况，不久就让他转移了。

我在桂林居住的那段时间里，虽然没有上学，但眼界比在矿山里更加开阔了。平时二姑母和表姐都要上班，一直要等到周末才会有机会跟她们说话。一大早起来，我便会跟着二姑母收拾房间，打扫卫生。收拾完后，她就会给我讲述一些她和父亲、姑父在美国、加拿大留学时发生过的轶事，甚至还拿出一叠叠珍藏的照片，非常耐心地解释着照片中的点点滴滴的故事。例如尼亚加拉瀑布，在加拿大和美国分别能看出不同样子的景致，人们还能到瀑布后面走动……还有黄石公园里喷射的温泉、野生的动物，以及美国跨了几个州的国家公园。还有加州的百年老树，著名高大的红杉树，汽车可以从树洞里穿过（树茎的根部很粗）。尽管当时的照片清晰度很差，颜色已经发黄了。她还告诉我，在美国的土著人叫印第安人，过着游牧生活，穿着打扮和生活习俗跟大家都不一样。他们住的是用北美的一种野牛皮做的帐篷，有的衣服、饰物也用这种牛皮制成，当然她还有相片为证。她还送给我一串印第安人编织的项链——是用红、白、蓝三种颜色的小珠子，串成挺有民族特色的图案，扁扁薄薄的项链，十分好看。我一直小心地当宝贝似的珍藏着它，直到在江西逃难时才遗失的。当时我穿的衣服大部分都是表姐小时穿过的衣服，后来表姐又给我缝制过夏服，样式十分别致。

除了给我讲许多海外的见闻、美景之外，姑母还给我讲了一些她和父亲、姑父在国外边打工边上学的事。她和父亲开始时住在旧金山。天热了，姑母在洗衣店里为顾客们洗衣和熨衣服，为了挣点钱吃饭上学，他们是很辛苦的。她觉得总有熨不完的衣服。因为个子小，用大熨斗很费劲，而且很热。但为了生活，再苦、再累也得坚持到熨完。而我父亲那时在上中学，上完一天课，还得到餐馆里洗盘子、洗菜，后来切菜、端盘子，周末都不能休息。她告诉我，到美国求学的中国年轻人，几乎都有这种经历。尽管他们这种半工半读的日子过得很艰苦，但比起早年被人贩子“卖猪仔”的华人同胞，要好多了。这些“猪仔”是从广东南部台山一带来的。因为当时村里人多地少，农民的日子很艰难，有的是自愿，有的是被骗来美国的。到了美国后他们有的被送到矿区去开矿，有的去修筑美国由西到东的大铁路，累死、病死的不计其数。最苦的是那些开矿工人，工头们把他们一个个一丝不挂的赶进矿井，一天干多少小时也数不清，下班出矿井时还要搜身。总之，在那里生存下来的人是很不容易的。然而中国人是爱国恋家的，从牙缝里省下了分分文文都要积攒起来寄回老家。发点小财的商人，死了也得落叶归根。他们即使死去，也不甘愿做外国的鬼。

这位在美国获得博士学位的二姑母非常和善，没有架子，热心助人，又善于诱导。她轻声的言谈却有着说服、诱导人们的魅力。我儿时有幸得到二姑母的身传言教，一生受益不浅。不论是孩子还是同辈人，总爱听她的话。而且她总是以身作则来影响别人。我记得那年的除夕夜，她亲自做出许多品种不同的糕点——萝卜糕、南瓜糕、马蹄糕、素年糕等，还有过年的年夜饭，不管是荤的还是素的，做了满满一桌。因为平时都是那么匆忙，一切都比较简单、凑合，所以春节时还是要过得热闹些。但是没想到，在用餐前她要大家先拜祭祖先，才能进餐。她亲自点上香和一对蜡烛。放上一份碗筷，斟上一小盅酒。不管老少，要全家从岁数小的开始，向着香烛磕上三个头。所有的人叩完头之后，才撤去香烛，围坐一桌吃年夜饭。饭后，她跟我们说，我们这一代人，包括下一代，都不信神，不信鬼，但为什么除夕要烧香烛呢？因为我的祖母（即父亲和二姑母的母亲）临终时有一个要求，就是子孙每年春节时要祭祀她。二姑母答应了。二姑母说，母亲为孩子付出了这么多，劳碌了一生，就这么一点要求，我既然答应了，就要兑现，信守对老人的承诺，这是为人的起码道德。因此，每年春节，不管我们吃什么，全家都要祭祀祖母。同时二姑母认为这也是让晚辈们每年都惦记着先辈们辛劳付出的一种方式。后来，她要我们把跪拜改为三鞠躬，算作是一种现代化的纪念方式。

在同二姑母相处的日子里，确实感到她很忙，压力很大——上班，照料姑父，照顾全家以及一些住在他家的穷亲戚。这位只有1.5米高的老人，从无怨言，一年四季穿着简朴的灰色旗袍，穿一双很小很小的黑色高跟皮鞋，梳着长得能坠地的乌发，一个很大的发髻贴在脑后。她是第一个早起，最后一个上床，坚忍不拔地为全家操劳的主心骨。她那正直、自强的个性，是熟识她的人们公认的。因此她成为我们家族里大家十分敬重的长辈。我们这一代人，都受过她的品德教育，当然包括我、我的姐姐和兄弟们。可以说，二姑母是我们薛家上一辈的中流砥柱，也是我们这些下一代的学习典范。

在逃难的路上勉强维持学业

1941年春，由于锡矿资源枯竭，矿业公司关闭，父亲完成财务结算后失业，我家在矿山将近一年半的生活就此结束。在二姑父的帮助下，父亲寻找了新的工作，在浙赣铁路局担任会计处的副职。于是我们一家动身去了位于江西东北角与浙江交界的玉山。

在玉山安顿下来后，父母就安排我们姐弟上学。我们在1937年上过一年学（我上二年级，弟弟上一年级），以后再也没有机会上正规学堂了。据说铁路局办的扶轮中学和扶轮小学挺有名气的，师资条件好，学习环境也不错，只是在战争年代物质条件差了些。当时很难确定我们该上那个班级。大人同学校商量后，就让弟弟上四年级，也许是弟弟的岁数比较适合吧。我只比弟弟大一岁，却要我上六年级。1942年的初夏，在玉山黄家祠堂上学的日子结束了。鬼子沿着浙赣铁路线进行“扫荡”，铁路局的员工和家属已纷纷从玉山向南撤离，以远离铁路沿线。

1942年夏，我们几经周折又到了桂林。对我来讲也说不清来过多少次了。我们在桂林大约待了一年半，浙赣铁路局的善后结束工作也接近尾声。这一批工作人员被告知，待工作彻底完成后，将调往建筑空军飞机场的工程公司。当然工程单位也少不了财务工作者，父亲被任命为稽核员（审计专员）。因为机场的施工周期不会很长，而任务十分紧急，一般都是3~6个月就要换一个新地方建新机场。这样工作人员的流动性就相当大。父亲第一次被派往的地区是广东北部的南雄，由于时局并不稳定，如果把家属留在桂林，有不少问题，经济条件也不允许。因此，还是决定全家加入“流动”队伍。这对我上学当然很不利，在当时也只能做出牺牲。父亲先去新地区做出初步安排，再让我们全家搬走。

1944年春夏之交，我随母亲和弟弟动身去广东南雄。我们在南雄只住了三个月，机场建设就进入了尾声。我们没有机会去看机场是什么样的，只知父亲很忙，而且下一个工程又在等着他们去施工。另一方面，1944年的夏天，日寇又集结了大批军队向华南地区进逼。他们的一贯手法就是先占领铁路线、重要的公路干线，以及沿海、沿江的重要港口。而父亲单位的下一个施工地在贵州省的贵阳市。也就是说我们必须在敌人占领铁路线之前，从原路返回到桂林，再由黔桂铁路线到贵州省的独山（因为铁路还没有筑到贵阳），然后转乘汽车才能到达贵阳。

我们在贵阳住了不到半年，于1944年年末，大卡车又把我们送到贵阳城西南的安顺。我们在安顺住了三四个月左右。建筑行业是“前人种树后人乘凉”的行业，职工们永远在新地方临时“建个窝”。当“高楼大厦”建成的时刻，就是建筑者要撤离的时刻。这次整个施工队伍要调往西北地区，以西安为中心，在西安周围新建或扩建好几个机场。而父亲的任务是承担西北地区的巡回稽核。也就是说，他要到陕西、山西、甘肃等省市的工程施工单位进行财务审计检查工作。这样工作的流动性更大了。考虑到母亲和弟弟的健康情况，以及我的上学条件，同时从安顺转移到西安时将会途径重庆，父亲决定自己一个人去西安，而把我们留在重庆，因为重庆还有一些亲戚朋友。

1945年4月，我们到达重庆，一家三口终于在歌乐山的山脚下的小茅屋里落了户。我们的心情逐渐平静，生活走向正轨。我随后进入了南开中学暑期班学习。

李四光是我的推荐人

从1945年8月上旬开始，报纸上不断传出抗战胜利的消息。先是美机在广岛投下了第一颗原子弹，过了两天，在长崎又投下了第二颗。接着苏联红军已从西伯利亚进入了我国东北，袭击了日本的关东军……这些好消息，振奋了过去只顾埋头读书的我们。同学们一起床，就惦着要到“报栏”前面，争看胜利的新消息。八月十五日那天下午，报童们狂奔着，喊着“号外！”“号外！”“日本投降了！”“日本投降了！”同学们纷纷冲出校门（平时学生是不许随意走出校门的），原来日本鬼子已宣布无条件投降了！这对中国老百姓来讲真是天大的喜讯。人们奔走相告，激动万分。

不平凡的胜利之夜虽已过去，但同学们总也静不下心来读书。暑期班即将结束，我们要准备入学考试了。但啃书本之余，同学们还会聚在一起聊着现在和未来，这时我结识了一位暑期留校的广东同学——王婉仪，我们常在傍晚聊呀聊的。后来她成了我的好友。考试的前几天，招生老师要查验参考的学生证件、填报名单。我只有初二上的成绩单，没有任何其他证件。他说，没有合格的证件是不允许参加考试的。我说因为战争、逃难才失了学，哪有完整的证件呢？他告诉我校方有个变通的办法，就是要有一份“简任官”以上级别人员亲笔的推荐书。我不懂什么叫“简任官”。他冷冷地说，回去问你的家长就懂了。如果连这也不懂，就不必参加考试了。

我飞快地跑去找大哥。他也搞不懂什么是“简任官”，因为他也没有当过官，他立刻带我去找他的一位“好朋友”商量。那位好朋友叫吴磊伯，小个子，湖南人。我把事情复述了一遍后，他就问我推荐信要写什么内容，我答不上来，憋了半天才说，能证明我一定会好好读书就行。说完，大家都笑了，他叫我第二天去拿证明书。我高兴极了。

第二天，我到了吴先生的办公室。他拿出一个大信封，里面用毛笔写着大大的字，说我因为战争逃难失学……还说我一向学习认真……成绩好……总之请校方让我参加入学考试就是了。信的署名是三个大字：李四光。我不知道李四光是谁，忙问他是"简任官"吗？为什么不写上"简任官"呢？他笑眯眯地说：不用了！他肯定比"简任官"还大呢！他就是李四光的秘书。我半信半疑，但我认定只有大官才会有秘书，就拿了信飞似的直奔学校。

李四光镇不住势利眼

当我把信交给管招考的老师后，他漫不经心地把信扫视了一遍，冷冷地问我，你认识这个人吧？我如实地把信的来由告诉了他。他挖苦说，李四光不会有一个穿着"丫头服"的亲友吧！当时天气很热，我穿的是件"百家衣"。我也记不起是哪家送给我的，大小很不合身，上衣、裤子不搭配，有点古怪。我气急了，冲着他反问：你们不是说只要有"简任官"推荐信就可以了，跟"丫头服"有什么关系呢？可这位势利眼却头也不回地走开了。我木木地站在那里，真不知如何是好。

我把这一切告诉了大哥，也告诉了沈家的阿姨，告诉了家里……但谁也没有法子解决这种不公平的社会难题。但我后来也终于想通了。不让考就不考算了，这种狗眼看人低的贵族学校，我这种穷苦孩子不去也罢！

暑期班结束那天，舍监"上官麻子"恶狠狠地瞪着小眼珠子，冲着我说：这个穿"丫头服"的，今天必须搬走。其他同学也都要赶快搬走。我们对这位姓上官的女舍监，从来没有好感。不单是因为她满脸是大麻子叠着小麻子，主要是她对同学们说话从来十分凶狠，我们在背后都管她叫“上官麻子”。她居然也叫我穿“丫头服”的孩子，势利眼透顶！我不想再看到她的“白眼”，更不想在女宿舍里再多喂一夜臭虫，尽管已经是下午，我立刻愤然卷起了铺盖卷，在挤不上郊区汽车的情况下，扛着沉重的行李直奔回家的路。

我决定沿着公路走，虽然路远一点，但相对安全。谁知刚走了一阵，已大汗淋漓，又饥又渴，只好在公路旁不停地歇脚。也不知这样走走、歇歇，已经停了多少次，但太阳快要落山了……我无奈中看见远处来了一辆卡车，车上没有装货，却站着几个军人。我不管三七二十一，跑到公路中间举起手来扬了几下。车居然停了下来。我说行李太重，实在走不动了，想搭个车。车上有个年纪较大的军人，端详了我一番，便让我把行李搬了上来。上车后才知这辆车不去歌乐山，说到下一个路口把我放下来。接着，那个军官模样的男子，开始问我：“你叫什么名字？从哪里来？为什么没人接你呀？你父亲叫什么……”我小心地一一回答。当我说出父亲的名字后，他立刻来了“精神”。他又问：“你认识薛锦涛吗？还有薛锦园？”“喔，那是我姑母，那是我堂哥……”我说：“为什么你们会认识我们家的人呢？”“我们在空军里工作，当然知道啰！”我这才知道原来是空军的军车。车上的人都高兴地说：太凑巧了，遇到“一家人”了。还说薛家人真行，男的敢上天（指驾驶飞机），女的连小小年纪的也敢拦军车，真行！说着便让大卡车直接把我送回家。我只说了声谢谢，连名字都没有来得及问，就跳下车，搬着行李回家了。他们几个还在车上不住地向我招手呢！

说真的，那时候，我不知道哪里来那么大的胆子。也许年纪小不懂得什么叫“害怕”。另一方面也是出于无奈。事到临头，确实也管不了那么多了，怎么想就怎么干吧。幸亏一切顺当，碰上了好运，没有遇到什么意外就是了。

后来我们又打听到在歌乐山还有一间振济中学，它专门收容各地逃难来重庆，无家可归，家庭有困难，或家居歌乐山的孩子，属于赈济性质。“振”和“赈”为谐音，故称振济中学。

初三上一个学期很快就要结束了。准备期末考试之前，学校宣布考完试学校就要停办了。因为抗日战争已结束，政府也不再拨赈济款了。

这时候，父亲机场的建设工作也已结束，父亲刚被遣散，从西安回到了重庆。我们分别了一年终于团聚了。

翦伯赞教我中国社会史

1949年春，是我在广州培道女子中学读高中的最后一个学期。1949年7月，我踏上了孤身北上的求学之旅。1949年8月至1950年8月，我在燕京大学社会系和经济系学完了大学一年级的全部课程。

燕园的一年，是我难以忘怀的日子。这是让我开阔眼界，经历转折，迅速成长的一个关键年份。它赋予我为人、为学、为民的基本教育，又让我亲身体验和尝试到翻天覆地的变革历程。55年后的今天，我蓦然回首，这一切仍历历在目。在我年过古稀的岁月里，尽管拙笔写不出当年的激情和全部彩霞，但如再不努力去追忆，恐怕那些美好的往事很难再留得住了。

我不能忘怀的是翦伯赞老师的中国社会史的讲授方法。他能把每一阶段的社会状态，从政治、经济、文化等不同的角度来描述，当然还要讲述一些史实加以说明。因为没有课本，我比较注意做笔记。讲到一定阶段则组织讨论，一般由他亲自来主持。我记得第一次参加讨论时，人数不多。他要求每个同学在每个阶段听课后，要将自学中存在的问题都提出来，似乎希望每人都要提出一两个问题。学历史，一般地讲，很少有听不懂的问题，重要的是要求每个人开动脑筋去想、去理解并从中发现问题。当时我真不知提个什么问题好，迫于无奈，挖出一个莫明其妙的问题：“从猿到人，是先直立起来用手劳动的呢？还是先会用手劳动，再直立起来的呢？”“怎么证明人是从猿演变而来，而不是两种不同的品种呢？”老师立刻笑着说：“哈哈，她提了一个先有鸡还是先有蛋的问题，大家讨论吧！”每次讨论会，他都要求大家提问题、发言，然后由他做总结。这样的讨论会使我深知：必须认真去消化课堂上的内容，还要参阅一些资料之后，才能提出像样的问题。平时讨论的问题我已经记不清楚了，但第一次讨论会使我留下深深的印象，促使我认真地去对待这门课程。不管怎么说，这种教学方法在中学里是没有经历过的。新中国成立后一般的学习讨论会是比较常见的，所不同的是并非所有讨论会都像翦老师主持的那样，参加的人从老师到同学都那么认真，而且都能敞开思想进行探索。时间长了，习惯了，探讨的问题就更宽广、更深入。有时我们会讨论划分封建社会（或奴隶社会等）的依据是什么，为什么历史时期的划分总是以朝代、君王为界线，劳动人民创造历史在历史书中如何来体现……除了在讨论会上能探讨学习中我遇到和想到的问题，每次考试的题目也是充满了探索学术的气息。一年的课程，确实使我学会了许多知识，学会一些研究问题的方法，学会了一点治学的应有态度。这都是翦伯赞老师带给我们的。我不仅对这门课产生了兴趣，而且对翦老师的博学多闻，以及他那种平易近人、谆谆教导、启发式的教学方法留下了难忘而深刻的印象。对他的治学、教学态度更是由衷地尊敬。他宅前有几棵桃树，当桃子熟了的时候，他都会约请我们这几个学生到他家聚会聊天，或一块尝尝新鲜的桃子。一年学习结束时，我整整做了两大本笔记，还有一些大幅图表。翦老师看了很高兴。他为了编写新书，向我借走了全部笔记和图表。当然，我非常乐意为他做一点对他有用的事情。我后来也没有想到问他取回来。现在，我们每次想到这位大师级的恩师在“文化大革命”中的悲惨遭遇，就免不了黯然伤神。

燕京的课外生活

1949—1950年的燕园的风物人情给我留下的回忆是如此深刻，如此激发着我的情感。然而燕园墙外的巨大变化却震撼着我的思想，潜移默化地改造着我的价值观、世界观。新中国成立前后的许多重大历史事件，震动了神州大地，也震动了整个世界。其实，首都的变化早已引起燕园墙内悄悄地变化，只不过我开始时也察觉不多罢了。但是后来发生的几件大事，却猛烈地冲击着每一个青年的燕园学子和师长们，而且深深地吸引了我。

有一天，社会系的同学们聚在老师家中的客厅里，聚精会神地聆听着翦伯赞、严景耀、雷洁琼等老师的谈话。他们是那么兴奋、热情地向我们介绍1949年9月21日在北京召开的全国第一次政治协商会议的盛况。不但告诉我们参加会议的人物和讨论的内容，还拿出不同样式的国旗、国徽方案，并详细说明这些图样象征着什么，还解释为什么采用《义勇军进行曲》作为国歌等，并告诉我们1949年10月1日将在天安门宣布成立中华人民共和国。师生们十分兴奋地度过了这难忘的一席夜谈。这时，我才知道，我们系里竟有这么多老师都是受国家、人民尊敬的政协委员，而且他们都曾为祖国的解放做出过许多贡献。我第一次为国家大事而振奋，而激动！

从那时起，我除了努力学好所选的课程外，开始挤出更多的时间关心课堂以外的事情，并开始阅读各种有关抗战时期、解放战争时期的小说和书籍，如《新儿女英雄传》《赵一曼的故事》《青年近卫军》《西行漫记》……这些书过去没有看过，从那时起我就很快迷上了它们。一到周末我们还会同一些同学到清华大学看《白毛女》《刘胡兰》等歌剧或话剧。它们崭新的内容、崭新的唱腔和表演方式，使我觉得既朴实又感人，这一切生动活泼而潜移默化的教育，也使我思想的深处在不断地变化着。

与此同时，还有两件实事也在我们身边发生了。1950年春天，学校里分了一块菜地给我们社会系一年级的新生，让我们五个人一块在那片不算很大的地里种菜、种瓜，我们每周要到菜地里浇水、除草、施肥，劳动一两次。燕京大学其他的院系和邻近的清华大学也都这样发动和组织同学自己学种一部分蔬菜。这件事虽小，但对我们这些从未接触过土地的年轻人来说，也不是一件容易的事。我也知道撒下种子，让它发芽、长出来并不难，但要让它长得“茁壮”倒并不容易。不仅要有一点种植的知识，更要我们精心地呵护它。我们要时刻惦记着它是“渴”啦，还是“涝”啦；是否会被风刮倒，或是否被虫子咬了。终于菜是长起来了，但都不那么“光彩夺目”。这让我们知道干什么事，包括农民、工人所干的“力气活”，都不是那么容易的。

另一件实事是让我们到校园附近的农民居住区，给失学的农家孩子上课。这是我生平第一次给别人上课。这些孩子家境贫困、衣衫褴褛、浑身脏兮兮的，还有些难闻的气味。他们人数不多，程度不齐，挤在一间破旧的土屋里，充满好奇地、挤眉弄眼地等待着我们给他们上课。让我教的是小学三年级和五年级的班，他们分开坐在两侧，我只能给一侧的孩子讲算术，让另一侧的孩子做作业，隔一会儿再交换地讲课和布置作业，搞得我手忙脚乱。这虽然纯粹是尽义务，但我的确从心底里挺乐意为此而忙碌。因为这让我有机会接触社会，认识到一墙之隔的差异竟然这么大，老百姓要解决的困难实在太多了。

转学去清华

多少年来，无数的年轻人梦想着踏进清华园的大门，当然我也是其中的一个。清华大学曾被誉为“工程师的摇篮”。在新中国成立前夕，为了求解放、争民主、得自由……北大、清华的学生总是冲在前面，因而清华更有“革命摇篮”的美誉。再加上我在中学时代就读过朱自清的《荷塘月色》，因而对清华园更多了一份痴迷和敬仰。令我兴奋不已和深感幸运的是：1950年秋，我终于从燕京大学转学到了清华大学经济系，使我中学时的梦想成真。

经济系在清华虽不像工学院的一些系，如电机系、航空系，或理学院的物理系那么响亮，但至少是清华法学院的一个名牌系。清华法学院及经济系也有不少知名教授，譬如说陈岱孙老教授就在经济学界是负有盛名、造诣很深的学者，著名的《资本论》的中文译者之一王亚南教授在新中国成立后也曾在清华经济系任过教。在清华“自强不息”的校风的熏陶下，只要认真勤奋地学习，学为人、学为学，一定可以受益匪浅。因此，我从燕京转学到清华的决心一直没有动摇过。何况，由于经济拮据的原因，为了获得助学金，更促使我要转进这所国立大学。

大学有大师

清华的老校长梅贻琦先生有一句论大学的名言：“所谓大学者，非谓有大楼之谓也，有大师之谓也。”我进清华的时候，无论是理、工、文、法、农学院，都是大师云集，举国闻名者何止数十上百人。我们的法学院院长兼经济系主任陈岱孙老师就是一个经济学方面的泰斗。经济系的主要课程之一是财政学，当时就是由陈岱孙教授开的课。这门课主要是为三年级同学开设的主课。我们这些长期向往名教授，又是刚转学到清华的同学，总惦记着去旁听他的课，尽早亲自体会他讲课的风采和魅力。当时，财政学对我来说还十分陌生，并被认为是一门非常深奥、难懂的课程。到校不久，我们终于挤出了时间踏进了陈先生讲授财政学的大教室里，全神贯注地先听为快，并努力记好笔记。陈老师讲课十分严肃，有理有据，侃侃道来，既旁征博引，又阐述自己的独立见解，内容精炼而丰富，逻辑性强，很有理论深度。可惜我当时的经济学水平还缺乏根基，有些道理在课堂上一时消化不了。下课后，我再次细读所记的笔记，我这才发现陈先生所讲的课，都是一篇篇没有任何多余词句、内容精彩、富有条理性的文章。如果用心去理解和运用这些内容，对经济学是可以较快升堂入室的，有些难点也可以迎刃而解。遗憾的是，由于我当时的社会工作占去了较多的时间，最终不得不放弃这门重要的旁听课，而集中精力去学习好规定的二年级的必修课。但陈岱孙大师的高大形象在我心中打上了深深的烙印。

说起陈岱孙老先生，这里还有两件事我必须提一下：一件事是陈老师不但是一个学富五车的学者，而且是一位关心弱小、仗义执言的长者。记得1980年清华校庆时，经济系的校友们在清华园聚会，陈老师也去了。当他问起我现在的工作情况时，我如实汇报，说我从干校回京后，已不在冶金部机关工作，而被分配到一个有几十名家属的“五七工厂”去了。陈老师一听就直言不讳地说“冶金部还没有完全落实知识分子政策，怎么把清华培养的人才送到一个家属工厂去了”。后来有别的同志把这个话传给了冶金部唐部长。唐部长很看重陈老师的意见，立即批示人事司、办公厅把我从家属工厂调到冶金经济研究所去工作，以落实“学以致用”的政策。还有一件事是陈老师到晚年仍然孜孜不倦，为国操劳，体现出一种“老骥伏枥、壮心不已”的精神。陈老生于1900年，逝世于1997年，可谓是世纪老人。他青年时代留学美（哈佛）、欧，回国后即任清华教授。他不但培育了十几位经济学人，而且在新中国成立后为社会主义的建设做出过很多学术上、政策上的贡献。在他晚年时，党和国家提出了建立中国社会主义市场经济的任务，陈老师为此奔走呼号。他在亲自主编了《中国经济百科全书》之后不久，立即着手组织力量，编写《市场经济百科全书》。这时他已年近九十，但他仍是老当益壮、志在千里。他说，我是第一批到国外学市场经济的，现在祖国要建立社会主义的市场经济，我对编撰好这部《市场经济百科全书》是义不容辞、责无旁贷的。他的豪言壮语感动了全体编撰人员。他不但坐而言，而且起而行，亲自出面组织编写和出版工作。在他的鼓舞下，我们单位和我也有幸参加了由他领导下的编撰和筹集出版资金的工作。我和我的同事们如孙立、侯书森等同志，为陈老师主编的这本书写了关于有关“工业”和“生产率”等方面的几十个条目。陈先生在生前还对这本书的主要部分多次批阅，提出修改意见，极为认真。只可惜陈老师没有来得及看到这本《市场经济百科全书》（1998年10月第1版，中国大百科全书出版社出版，上下两册）的正式出版，就与世长辞了。他真正做到了鞠躬尽瘁、死而后已，成为我们这些晚辈学习的楷模和追思的德高望重的大师。

去广西参加土改

1951年暑假，我们班的同学在北京城里的中国人民银行总行

实习。原计划实习两个月，但大概只工作了一个半月，学校就通知我们立即返校。原来国家有关领导决定，让北大、清华、燕京、辅仁四所大学的法学院的全体师生（除毕业班和老、弱、病、残者外）到广西参加土地改革工作。这是一次完全脱离专业学习，更加全面、更加彻底的锤炼。同我们一块参加土改工作的还有全国政协的部分委员，以及财经、政法、文教、卫生等系统中的一批知名人士。到广西后，还要配备一批地方干部。由于广西当时土匪猖獗，正处在清匪反霸阶段，因此还有一批第四野战军的部队干部和战士配合。

1951年8月下旬，大家高高兴兴地扛着行李，登上了南下的列车。前门火车站挤满了欢送的人群。令人意外的，中共中央政治局委员董必武同志亲临火车站，他老人家充满着热切的期盼向每一节车厢的同志们挥手送别。

从北京到武汉的火车上，兴奋的同学们笑声不断，但也有不少同学是第一次乘火车离开北京、离开家的，有一位低一年级的燕京同学，当火车离开丰台站时，他竟然落下了“思乡”“思家”的眼泪。在他看来，丰台已是离家很远很远的地方了。当大家发现后，都逗他，取笑他，一直逗到他破涕为笑为止，真是一群开心的“大孩子”呀!

经过一昼夜的行程，我们到达了武汉市——中共中南局的所在地，整列车的乘客都在那里下车。刚下车我们就受到了当地政府的热情接待。我们在中南局早已准备好的一处空着的大厂房内下榻，据说那是新中国成立前一家英商的打包厂，当然条件比较差，大家都在厂房里打通铺。不过，大家早就有了吃苦的思想准备，只是觉得挺新鲜的。学习时都集中在中南局大礼堂内听报告，讨论时则分散组织，有时还在“大通铺”上讨论。我们在那里停留的时间并不长，主要任务是学习土改政策及有关条例、细则。除了中南局的领导作一些一般性报告外，主要由中南局土改委员会杜润生同志作系列的报告。主要讲的是中南地区农村形势。他操着一口山西口音的普通话，情况掌握得又细又全，分析得头头是道，加上风趣和幽默，大家听得十分过瘾，不停地称赞他“不愧为中国农业专家”。听完报告后总是由清华社会系的吴景超教授上台，代表大家感谢一番，同时组织小组讨论，“消化”报告内容。最后，才公布参加土改工作的成员和组织领导的名单，以及工作地区的安排。我们参加土改的队伍被分成两大部分：第一土改团被分配到柳州地区工作，主要由北大、辅仁法学院的全体师生和一部分政协民主人士、社会名流组成。第二土改团则被安排在邕宁地区工作，有清华和燕京法学院的全体师生，也安排了一批民主人士和社会名人，还有以协和医院为主组成的医疗队。土改团的负责人是由各系统领队联合组成的。由当地（广西）的负责人担任一把手，其他系统的负责人则分别担任副职或党团领导工作。我记得第二土改团的团长是广西的刘宏同志（后来是谢芳春），副团长由胡绳、田汉担任，吕森（清华）和刘文兰（燕京）同志还担任了相应的领导职务。一切安排妥当之后，我们继续南下，第二土改团直接乘车去南宁市。

乘火车从汉口到柳州，一路上寂静无奇，车速又不快，“咣当”地晃悠着前进。从柳州到南宁这段路程虽不长，但是行走的时间比从汉口到柳州还长，因为这段路刚刚修好，不少同学——大部分是一些坐不住的男同学，都跳下来，跟着车走，走累了再上车坐坐，坐烦了又下来……铁路两侧长满了亚热带植物，茂密的大树，一眼看不透，说明我们已经进入了亚热带地区。而这条铁路正是刚从密密的丛林中开辟出来的。铁路就好像被层层绿树包了起来，抬头只能从树隙中看到透过来的几缕阳光，时而吹过一阵热而爽的风。两侧的树木我们都不认识，但当驶进有田、有茅舍的地方，就看到不少大榕树、椰子树，还有不少芭蕉树、木瓜树和菠萝树。如果我们不是看见了这些果实，也不会认得这些树的。一路上我们这一群青年人兴奋极了、新鲜极了，我们好像在童话般的意境中漫步，穿越着无尽的“绿色海洋”。当时，我们觉得说了半天土改，但连一点土改的边也没沾上。除了一路上欣赏着亚热带风情外，同学们不断地侃大山，车厢里充满着欢笑和开心。当时大家觉得去土改、去革命、去体验生活，真有诗意、真浪漫，太好啦。这是一条难忘的绿色的路呵！

火车终于“爬”到了邕江沿岸，那里长着许多“大叶小蕉”的香蕉树，密密的丛林已被甩在车后面了，前面一片嫩绿，像是一片片半透明的翡翠向我们摇曳着，美极了！这就是南宁，我们终于到达了目的地。

向知名的人民艺术家学习

在土改团团部工作中，给我留下较深记忆的是参加筹备广西土改展览会。

整个展览会的内容十分丰富，具有深刻的教育意义。但由于筹备时间比较仓促，经济条件也很有限，筹备工作是十分艰难的。把基本的典型材料收集、核实之后，筹办人员便分头着手于加工成展品。有的在构思画面，有的根据构思的画面编词，有的在搜集整理实物展品，还有的在构思做成泥塑等。他们都是在因陋就简的条件下，艰苦地工作着。例如，滑田友教授，他是从法国学成归来的，在中央美术学院雕塑系任教的知名艺术家。众所周知，天安门广场纪念碑四周用汉白玉制作的浮雕群中的《五四运动》，就是他带领着学生精雕细刻的杰作之一。但是他在麻子畲搞雕塑，却没有为他提供任何条件。任务紧急，又没有帮手，他只能自己拿起锄头、铁锹，找一块沙石比较少的黄土地，边挖土，边筛泥，然后用脚踩成黏黏糊糊的能捏成型的泥块。他要用泥塑表现斗争会的一角。因为人物比较多，不能一一从头做成泥塑，于是他要我到村里找一些有代表性的男、女、老、少村民做“模特”，请他们来把他们的手、脚套出模子，再按模子做出泥塑的手、脚，然后用衣服、树枝等做成人物的身躯。当然，头部却是要用泥一点一点塑成各种表情，再组合成各种姿势的泥塑人物。在另外一块树林下的空地里，靠在大树上的是一个用竹子扎成的长方形框架，足有两米多高，中间绷着一块很大的白被单（旧的）。原来这是广西的画家阳太阳在画一幅毛主席像。当时没有油彩，他只好用粉彩一笔一笔在涂抹着。他一边画着，四周围着一群孩子，有时也有不少村里的老乡们，站在那里看着、笑着。这位画家如果发现“观众”里有他想要的素材，他就会暂停作画，对准那些穿着不同服饰、戴着不同头饰的壮族妇女，用笔很快地在他的速写本上留下痕迹。毕竟是画家，他手头已经搜集了不少壮族特有的民风民俗的素材。到了傍晚，大田里收工回家的村民们背着农具，拖着疲惫的身子，总要绕道走到艺术家们工作的现场，伫立一阵，议论一番，才肯回家。说实在的，这些写实的“艺术品”，对他们来讲都是别开生面、生平第一次见识的，因而看得津津有味。我们也不时地问老乡们，能否看明白画家们画的是什么？雕塑的是什么？他们都会高兴而如实地回答。如果有人说看不明白，作者就要做一番解释。如果解释还不明白，就要考虑作品是否不够通俗了。因为艺术家们的所有这些作品，都是为农民们创作的，当然希望能接近群众，接近生活，为群众所接受。为了让所有作品表达出土改的主题，事实上麻子畲的老百姓已经成为展览会的第一批热心观众。他们不但发出赞叹之声，还久久凝视着这些展品舍不得离去。同时，他们也是直率的批评者，他们会用坦诚的语言提出问题，说出自己的想法。土改展览会的展品，就是这样一件一件地在群众的鉴赏、监督下完成的。

那些参加土改工作的文艺工作者，不管各自的名声有多大，地位有多高，同样努力地同村里的老乡们实行“三同”，向周围的同志们、老乡们学习。在劳动之余，人们才能发现哪些是搞文艺工作的，哪些是学生，哪些是搞行政工作的。因为文艺工作者总要保持着自己的习惯和职业爱好，显示出各自的特色，用自己的独特眼光来审视、来欣赏、来记录时代的变革和周围发生的一切。这就充分显现了他们对艺术工作的执着和热爱。我在麻子畲工作阶段，尽管只是接触到点点滴滴，却给我这个好奇心很强的年轻人，留下了一生都值得追忆的故事。

张定和的委屈

记得我随着土改团的大队人马走向麻子畲的时候，是沿着小径走进村子的。我只顾环视着周围的美景，亚热带的绿树、奇花、野草……色彩鲜艳、叶盛枝繁，如诗如画、美不胜收。当我尽情观赏时，忽然听到有人在低声哼吟着德国作曲家贝多芬第六交响乐——田园交响乐的主旋律，一节又一节，一遍又一遍，不停地边走边哼。确实，此时此景同乐章里的情调十分合拍。我猜测这准是一位文艺界的人士在那里触景生情吧。我当时并不认识他。后来，偶然碰到一件事，是低我们一个年级的一位女同学，愣愣地向他提了一条意见，说他有“资产阶级思想，来参加土改还要每天化妆，还是一个男的！”当时，他显得很尴尬，当众说明原委，也显得十分委屈。原来他得了一种“怪病”，全身缺乏色素，如果不涂上与正常皮肤相似的油彩，皮色是蜡黄和苍白的，跟死人的颜色一样。所以，他终年都要穿上长袖衣和长裤，在外露的部分都要涂上油彩。这并不是一件很舒服的事，他觉得有苦难言，他没想到这位女同学在毫不知情的情况下向他放了一炮。他只好辩解说：“你们以为我愿意化妆呀！我每天化妆完全是为了顾全大局，不要把大家吓着了。”经他解释后，大家才都明白了，并深深地同情他。这时，我才知道，他就是在抗日战争初期，曾写过一些救亡歌曲的作曲家张定和。

同安娥和田汉的接触

参加那次土改的文艺界知名人士中大部分是中年人或老年人，有的体质较差，有的还患有慢性病。但他们都不愿放过这次好机会，深入实际，体验生活，根据各自的身体条件，尽力在实战中锻炼自己，同时还从实践中收集各自所需的生动素材。例如，当时抱病而来的安娥同志——《渔光曲》的词作家，她身患多种慢性病，不能直接参加“三同”，为了照顾她而留在团部。按照医嘱，我经常要到她的住地做葡萄糖静脉注射。打完针之后，她总要跟我聊一会儿，询问我的工作，询问周围发生的情况，非常热心并富有同情心。当她知道我硬着头皮为村里的妇女做过一次接生时，她立刻关心地问到这位产妇的近况如何？我们能为她做些什么？还告诉我一些关于产妇应如何调养，婴儿应如何喂养的一般知识，并再三嘱咐我注意身体健康等。她的老伴田汉同志却是体格健壮、精力十分充沛。他白天在各村中巡视，除负责一些团部的领导工作外，晚上总要写些什么，经常工作到深夜，甚至通宵达旦，真是一位非常勤奋的老作家。

巧遇诗人艾青和作家李又然

在那一段时间里，接触较多的文艺界人士就是诗人艾青和作家李又然同志。他们俩既是同乡又是同学，长期在一起。在广西土改时，他们俩又被分在一起，所以两人总是形影不离。在麻子畲我第一次和他们相遇时，艾青劈头便问我是否认识薛传谋和薛传廉。我很惊讶他们怎么会认识我大哥和大姐的，话匣子就这样打开了。原来，大概是在1938—1941年，他们和我大哥、大姐都在当时作为抗日大后方的广西桂林工作过，我大哥传谋是从上海、太行山、武汉转到桂林，在夏衍领导下的《救亡日报》社里工作。而我大姐传廉当时还是一个高中学生，由于大哥的关系，她在课余时参加一些抗日救亡运动中的宣传工作。我大姐在演剧方面有一点天赋和爱好，尽管她从未接受这方面的训练，但她是个胆大、敢于实践、记忆力又强的女学生。一些“大厚本”的话剧，什么《蜕变》《日出》等，她都敢演。在马路边上，也敢站在人群中扯着嗓子演讲一番。因而她在那个小城里名声在外。这样，在当时文艺界工作的朋友都会彼此相识。当他们第一次看见我时，觉得脸有些熟，似曾相识，当打听到我的名字之后，他们就立刻想起我哥和姐来，毕竟一家人的长相总有许多相似之处。当然谁也没想到会在邕宁地区土改工作中，认识了薛家“传”字辈最小的妹妹。当时艾青、李又然大约比我要年长20岁。我像对待长辈那样尊敬他们，或许是由于这种相识的背景，他们也十分关心我。

艾青和李又然同志工作的村子离麻子畲并不远，隔不了多长时间，他们总要到团部或中队部开个会或研究一些工作。一般在开完会或晚饭后，总有一点自由活动的休息时间，他们就会叫我一块去散步。傍晚时刻，我们喜欢沿着邕江江岸漫步，欣赏着日落的美景，凝望着变幻莫测、多姿多彩的晚霞。邕江并不是很知名，然而对我们这些久居城市的人们来讲，她的一切让我们感到很亲切，很满足，很富有诗情画意。邕江的两岸长满了茂密的深绿色的大树和野草，江水不算很清，流速也不湍急。而星星点点的小船、竹筏子，一串串的拖船，不停地在江面上浮动，由远而近，由近而远……顺着蜿蜒曲折的邕江，缓缓地消逝在朦胧无边的晚霞之中。这是一幅多么令人神往、流连忘返的风景画!

我们偶尔也会在太阳还没有落山、一天工作又比较劳累的情况下，来到村边找一棵遮阳的大树，身靠树干，席地而坐，松弛一下。有时还能看到远处的牛群，慢吞吞地走上回栏的小道，沿路还不停地摇着尾巴，嘴里还在不停地咀嚼着。牛群中还有一些可爱有趣的小牛犊，在母牛周围蹭了又蹭，真是一幅别具风格的景致。我们凝视着这一切极平凡而又充满田园气息的自然美，就在那一瞬间，艾青同志很快从口袋里掏出一个拍纸本，一支铅笔在他手中很快地转动着。他只用简单的几笔，就勾勒出那只“会笑”的小牛犊，十分传神。我原来只知道他是一位知名的大诗人，怎么也不曾料到他会有那么深的速写功底！他们便淡淡地讲述了过去在浙江、在法国学画的片断，也会谈起他们两人在法国相处的艰苦岁月。有时也不免讲到他们一块儿在延安的点点滴滴，叙述十分平淡、谦逊，但可窥见他们不平淡的奋斗经历。最后，自然还提到了艾青的“艾”字的来历。原来他本姓蒋，名海澄，浙江人，但他对蒋氏家族十分反感，加上浙江还出了一个蒋介石，因而气不打一处来。一怒之下，就在“蒋”字上的草头下打了一个“×”，这就成了“艾”字了。他们经常讲着一些既是轻描淡写又是真实动听的故事。从他们的身上，人们看到了一个知名人士能淡泊名利，放下架子，同大家无拘无束地交流、聊天，感到一个革命文艺战士在平凡中的伟大。他们同群众亲切相处，既是出于一个人民作家吸取生活素材的职业需要，也充分体现出他们个人的素养。这对我自然是一种难得的身教。

当然，他们时而也要问问我的家庭背景、我的经历，甚至还要“追究”我为什么这么瘦弱。有一次，他们问我是否见过邕江对岸的集市？我据实说从未去过。他们掐指一算，那天正逢“趁墟”的日子，于是决定马上出发，带我去看一次热闹。我们走到岸边的土码头上，挤上了一艘小小的渡船，两名船工，一名船工撑竹篙，一名船工划桨，摇摇晃晃就到了对岸。岸上是一条窄长小街，街边是一排排矮小的土屋，有卖杂货的、日用品的，有开小饭馆的，店不多人不少。在街尽头空旷地上还摆了不少地摊，大都是附近村民从家里拿来的鸡蛋、家禽，河里捞上的鲜鱼、小虾，山上采集的野菜、山货，以及柴火、木炭等，花样不少。所不同的是村民大都是用粮食来进行交易的。看了一圈后，他们两位叫我一块到小店里吃一碗牛腩粉。我十分犹豫，站着不动，因为囊中空空不好说。他们立刻说，不要管那个“小政治家”（指那个批评过张定和的同学）会批评你有资产阶级思想，好吗？你这种身体需要吃一点“油腥”啦，否则会趴下，什么都干不成了。我不好再多说什么，只能顺从地吃了一小碗牛腩粉。这也算是我在土改中难得尝到的一次“油腥”吧。

当时同我们一块到江岸散步的还有团部下属的中队长、广西作家陆地同志。在散步、聊天中，更多的时间是我全神贯注地听他们谈话。他们多是交流着各自在村里工作中的所见所闻。或许因为我这一段时间一直在门诊室里忙碌，没有机会到别的村里亲自参加土改，听了既觉得十分新奇，也未免在思想深处带有几分遗憾。他们早就察觉了我的心思，不等我发问，他们会尽量详细地、形象地把所见所闻告诉我。

土改工作接近尾声，工作仍在紧张进行，各人都在为做好结束工作而忙碌，再也没有时间散步、聊天了。就在那个时候，在我药房的药品台上放了一张纸条，是他们留给我的。内容我记不那么清楚了，大意是：在动荡中度过的岁月会给人们增加阅历，对外界有了更多的接触和了解……这一切并非是坏事。它可以使人更能分辨是非，使人更坚强。应该学会把这些写下来。没有写作的技巧，不必在意。要知道马再瘦、再弱，也是一匹站在那里、不失骨气、不失骄傲的马。慢慢"调养""磨炼"下去，总有一日千里的那一天。我当时还不能深悟其中的含义。回想起来，这就是长者们留给我的一份鼓励和期盼吧。也许这是我今天写这篇"土改岁月"的一份动力。土改中在和这些知名的文艺大师们短暂的接触中，给我留下的关怀和教诲是使我一生受益的。回北京后，由于各人在不同的时期，碰上了不同的遭遇，从此难得再有什么往来，而且有的还遭遇到了悲剧性的命运。然而这一段忘年友情，却给我留下了富有教益和愉快的回忆。

除了以上所提及的一些文艺界人士外，我在团部还有机会接触到一些早期参加革命的老同志。他们通常是在晚饭后的傍晚时刻，给我们这些青年的学生和年轻干部，讲述他们自己那许多感人的经历和动人的故事。例如：他们在延安的抗大、鲁艺的艰苦学习和生活状况；一些青年知识分子如何从全国各地投入到革命熔炉，锻炼成长的历程；还介绍了不少在延安的中央首长，特别是毛主席是怎样关心办好抗大、办好陕北公学，是怎样给大家做报告等。这使大家体会到，当年参加革命的前辈们，在艰难困苦的环境下，不怕牺牲、不懈奋斗、百折不挠，才取得了全国的解放。

四年的大学生活是刻骨铭心的，因为当时我们正处在中国社会大变革的年代。我进大学的时候，全国还没有完全解放，新中国也刚刚准备建立，那些压迫和盘剥人民的旧制度、腐朽和丑陋的旧世俗，都在《义勇军进行曲》中被宣告即将退出历史舞台，人们开始向往着新社会、新制度。革旧布新和朝气蓬勃的时代气息激励着年轻一代，让我们重新去认识国家、民族和人民的命运。抗美援朝运动和土地改革运动的实践又激荡着我们高涨的革命意识。第一个五年计划的开始，又激发着我们为建设而学习，奉献青春。可以说是革命的年代铸就了我们的大学生活。新中国成立初期的大学生涯，同五四运动时期的思想启蒙时代，同抗日运动时期的救亡时代，同解放战争时期的反美蒋时代，有着相同和不同的地方，它打上了革命胜利和社会大变动的时代烙印。不平凡的时代照亮了我平凡的大学生活。

撰稿人

俞志荣，财经作家，职业规划师，曾任中国光华公益CCT大学生（青年）就业创业计划委员会委员、大学生就业创业导师。

曾庆山，财经作家，激荡新三板专栏作者，新唐智库研究员。

张海，山东潍坊人，职业电影工作者。兵器设计作品有《狄仁杰之通天帝国》《关云长》等。制片人作品有《目击者》《君子道》《游艇风暴》等。

李军奇，目前任南方周末报系《精英》杂志副总经理兼采编中心主任。有逾15年媒体采编经历，服务过多家著名媒体，在《华商报》报社参与创办过西北大型的门户网站——华商网；在南方报业，他积极探索移动互联时代传统媒体的转型，曾获“南方报业2012年度记者”。主要著作有《带一本书去西安》《零经验同盟》。

十二叔，财经专家，文史作家，出版的作品有《圈子·段子之港澳富豪那些事儿》《圈子·段子之好汉们崛起的秘密》《圈子·段子之民国陈光甫：一个领先时代的银行家》《圈子 · 段子之晚清席正甫：缔造金融家族的教父》等。

董贻正，男，1931年间月出生于上海市，汉族。1948—1952年就读于清华大学电机系。

薛传钊，女，原籍广东中山，1930年生于上海，年幼时随父母逃难，流离颠沛，辗转数年。抗战胜利后，在广州培道女中念完高中。1949年夏从香港飘海北上，考入燕京大学社会系，1950年转入清华大学经济系。

图书在版编目(CIP)数据

一个人与一群人/陆新之主编．—成都:西南财经大学出版社,
2016.6
(常读·人物志)
ISBN 978-7-5504-2393-0

Ⅰ.①一…　Ⅱ.①陆…　Ⅲ.①访问记—作品集—中国—当代
Ⅳ.①I253

中国版本图书馆 CIP 数据核字(2016)第 078596 号

一个人与一群人
YIGEREN YU YIQUNREN
陆新之　主编

图书策划:亨通堂文化
责任编辑:张　岚
助理编辑:高　玲
责任校对:李　洁
特约编辑:朱　莹
封面设计:墨创文化
责任印制:封俊川

出版发行	西南财经大学出版社(四川省成都市光华村街 55 号)
网　　址	http://www.bookcj.com
电子邮件	bookcj@foxmail.com
邮政编码	610074
电　　话	028-87353785　87352368
印　　刷	郫县犀浦印刷厂
成品尺寸	140mm×200mm
印　　张	6.625
字　　数	140 千字
版　　次	2016 年 6 月第 1 版
印　　次	2016 年 6 月第 1 次印刷
书　　号	ISBN 978-7-5504-2393-0
定　　价	32.00 元